白音格力散文精选

见素见美

白音格力
著

中国华侨出版社

自序／一笔静香

我是如此爱着那些草，那些木，那些花，那些月，那些诗。

因此，我曾写过，我要努力再努力，把整个身体，变成一座山，一棵树。这样我就可以更好地去感受一座山写出的草木篇章，一棵树开出的光阴画卷。

不，这样还不够具体。我应该把自己绣进去，用细密的针脚，慢慢地绣进那些山水里。我应该让整个身体的每一部分，都融于一山一水一花一草。让手指挂满黎明，让胳膊长满草径，让胸膛填满泥土，让眼睛蓄满秋水，让鼻息开满兰。

这一爱，人间已十年。

我这十年，就一个"静"字。

十年一静，不与青川争绿，不与丹青争墨，不与青春争宠。日子静了，恰好与你煮春色三分，前世二分尘土，此生一分细水长流；时间静了，正好与你看取莲花净，清欢一味茶，方知不染心；窗外静了，刚好听风弦弹唱"来如春梦不多时"，不管"去似朝云无觅处"；香气也静了，正宜宣纸走墨，画尽草熏风暖，看六朝旧事，朝一露暮一雨，静坐一支香。

静，是大好河山；是一段孤山寺外的旅途；是寻常行处，题诗千首，别来相忆，知是何人；是遇或不遇，今年春尽，杨花似雪，悠自弹筝水云间；是烟敛云收，风与露水清凉一相逢的心意。

静到一路不起尘，走在哪儿，都能遇清风明月，遇桃红菊黄，一如遇旧相识，全是深情心意。有些心意像空山，寂静都是最美的声音；像一场雪，映着白月光；像一支香，时间的香，往事的香。

已于文章中写过很多"静"，而又正是"静"，让我写出了这本书。这本书，也几乎用了十年的时间。所以，我要感谢"静"。

在这份静里，我写了草木花月，写了诗词人间，写了一些心灵自赏的风光，写了幽香自怜心神澈灩的自我交契，断断续续，某个词，某段意象，带来缱绻美意。

与一个人，一段往事，终是孤清相望，但因矜贵而不觉孤独，一笔花草一笔静香，一纸素影一行光阴。

这是我一个人的团圆喜气。

知道这本书要出版时，我去了我常去的山里走了走。

是深冬，我带着云和茶。云是在清水里养来的，茶是老壶里泡来的。我要去告诉还未开的山桃花，我是一个心中有云的人，我写过满山的诗篇；我要与枯木一起坐坐，一壶暖茶，等一场雪落，告诉它们，在我的文字里，我不曾辜负美好，我的浪漫像一座春天。

我踩响山径的韵脚，我抚摸了白雪的诗行，我轻轻敲了敲春天的门扉，我遇见自己，遇见你……

我一直希望能写出这样一本书：当某天你突然翻开，随便从哪一行哪个字读起，会有片刻失神，你在那里遇到自己。即便余年已晚，但你发现，手指依然温柔，眼睛依然清澈。这就够了。

然后合上书，去吹吹风，或在窗前小坐，看一团花影，听两声鸟鸣。书合桌上，花立枝头，我在书中，静静地，是一枚岁月的书签。

或者，在你长长的一生里，我是一笔静香，会被你偶尔温柔地念起。

在这一笔静香里，我写过三个奢侈的愿。

我愿一百次一千次一万次，饱蘸墨汁，写尽十万山花，只为给自己留下通向春天的线索。

我愿做一个美好的人，让心缓缓地流着小水流，让花静静地开着，淡淡地香着，让走的路都有你的风光，让看的天空永远有你飘来的云，让岁月抽花枝，明月来相照。

我愿岁月深处，每一天，都能与你，与美好，在朴素而珍重的一笔里，温暖相遇，相宜静好。

目录
Contents

第一辑　某一生的古意

003　清喜

006　某一生的古意

011　往事深盟

014　茶风三道

017　一个人的佛村

021　无事此静坐

024　此处安身，朝夕忽老

031　宿墨瘦尽

034　简朴情怀

037　明月容颜是故人

040　冷庐不语

043　坐来肌骨清澈

047　葵花不转头，我就转晴

049　小篆香

052　见素见美

056　一枚词语一门静

060　灵魂的好时光

第二辑　念起你的旧　069　我送一眉好水

073　寂静清芬

077　念起你的旧

081　愿为你一路披雪

085　为你开一朵纳兰花

089　惹凉书签

093　雨露一眼，清风一念

097　忽如远行客

101　寂静欢喜

104　水滴声远

107　簌簌清香细

第三辑　回我一折戏　113　往事转凉，风递细香

116　掌心捂热一杯时光

119　我与这世界的旖旎

123　时光被晒软的地方

126　柔和之味

133　依然竹马识君初

136　低低一低眉

140　回我一折戏

144　许我疼痛又甜蜜

147　美到愁人

150　晏宁

153　《诗经》是一枚月亮

155　奔赴

第四辑　风定素花开　　161　空纡长袖客不留

165　那些树是没有妆容的花

168　心在一念间芰荷映水

174　风定素花开

177　看取莲花净

182　老

186　疏离

189　旧物之美

195　每天都有一瞬间开始想你

199　记忆最终是养在花里一样的曼妙

203　苍老是她身体某个隐秘处的痣

208　瓶装沧海

213 风吹走诗里的每一个字

216 不负千年今生的热烈

219 眉目明媚

222 一个身体一座城

225 冷僻的传奇

228 我们怀抱各自的时间

234 舍不得让时光倒流啊

238 寂美阔别

241 我们的过往光滑如葡萄

第一辑　某一生的古意

一生能看花，听雨，赏月，饮茶；

能坐小窗下，行到小篱旁；

一生敛静，染香，低眉清欢。

清喜

清喜很美，是尺素心书上一卷纯净的光阴，晒向西窗趁晚晴，那样的素美而妖娆。

第一次读到这两个字，是在简媜的《四月裂帛》里，"认识你愈久，愈觉得你是我人生行路中一处清喜的水泽。"

想她那时光阴明媚，与一人的爱扯着云情水性，才词词风光雅丽，走一路的春夏秋冬一路的奢华自喜。

即便九曲高峰过后，云收雨歇，那些温存自怜的好时光，春风翻一页，柳腰花面一句，幽微款曲一句，亦是热闹得人偷偷欢喜，与你犹如初相识。

清喜往往只是花开一场，但一定有清雅姿态，即使影子被风吹薄，仍是幽谷水袖，袅娜仪态。

我很早前就想买的那本《隐秘盛开》，也是因为其间的清喜自持。当初是被这本书的推荐吸引住了，"小人鱼步步走在刀刃上，但这种疼痛始终不被诉说，使不知情的王子得以一直享用他的幸福。可能人和神的区分就在这里，我们无法像神那样忘我无私而又毫无噪音地爱着，并牺牲。尘世间，只有极少数人，能够以神的完美方式来爱一个人。隐秘盛开，那寂静中难以抑止的激情……他们是爱的天才。"

这样一份爱，走在刀刃上但疼痛始终不被诉说，需要怎样的付出，又需要怎样的心甘，不，仅仅心甘仍是不够的，还一定有欢喜，才可以像神一样"毫无噪音"地爱着。我们所拥有的，要么是薄缘寂寞，花影自依，要么寸心萦结，容颜惨淡。

在买到这本书之前的两三年里，时常会想起"毫无噪音"这四个字。犹如深夜的阳台上有灯火寂然生幽趣，似一颗莲心开出的馨香，不惊扰人，细细润润；也犹如你与一段往事，与一个人的相隔天涯，偶念起，意象万千，似相携行于好山好水，但从不辗转挂牵，有那样的一刻，"夜来月下，山水寂然"，还需要说什么呢？

后来终于买到书，封面是棉线勾勒盛开的满页旖旎花朵，沉静优雅，气韵深邃。夜里总是不舍得打开，云烟浩渺的一方天地里，任我清喜生善缘。

因过分怜惜这样的感情，这才总是想尽了力气地善待，所以出差在外也带在身边，夜里冷时，拿出书，抚摸那满页的棉，如抚摸人一生最后的华丽时光，没有锦缎光滑气洁，但是自己一路走来最后的温暖。

这就像张中行谈到婚姻时曾吟咏诗句："添衣问老妻。"张老解释道："吃饭我不知饥饱，老妻不给盛饭，必是饱了。穿衣不知冷暖，老妻不让添衣，必是暖了。"这一衣一饭里的相濡以沫是朴素的大美，是相与红尘的清喜。

坚贞、执拗地爱过，没有"今日的下弦曾是十五的月圆"的怅然，却爱得信仰皎洁，忧喜自清。仿佛就是一个人的事，走一回山野的寂然，衣上有花瓣，眉间有清风。再随手翻翻别人的故事，也有这样的清喜时光：总是黄昏，人潮涌起，复又散去，也总有憔悴的妇人手捧水仙与我擦肩，而每一间音像店都播放着同样的情歌。

某一生的古意

从什么时候开始，我几乎一年年不见什么人，除了正常上班下班煮酒为文，再就是回到古意中去。是的，那种古意让我欲罢不能。

人生是什么，我也曾时常为之困惑。为此，我常"踏破铁鞋无觅处"不得要领出力不讨好，而"小楼昨夜又东风"，人生就是这样无常，你不可能得窥全貌，领会真谛。

后来，我终于把我现有的人生归纳出一段最全面的话：做过服装设计，爱给样品多缝一个口袋，装上梦想；做过业务，别人等电梯我爬楼梯，可缓解紧张；做过记者，写的比说的好，得失一寸间。吃了些苦走了自己的路；喝了点沧海水流了几滴泪；灌了点墨水写了点字。

后来又觉得这样没什么意义，人生可能真的不需要总结，更不需要答案。

人生何所为，所拥有的便是修为吧。住琼楼金屋，不如茅舍竹篱，临舞榭庄台，不及牧歌樵唱，终归是有些寒酸气；夜来风，晨光洒遍，兜转就是几个年月日，金樽粗碗，喝遍吃遍都是粪便，这又终归有些俗怨气。所以都不说，不说吧。

对世事的态度，所珍惜的时日，不过是他之明月星斗绿霭红霞，我之青毡旧物敝帚千金。多些疏朗，遍地是人生。

因此，我越来越看清我人生的真相，那就是得失间，得有一颗快乐心。而我的快乐心，就是一个人活得很古意。这是这几年里我最大的乐事。

想想无数个夜里闲翻书，再著几个小字，文字是可以给渴望古意的心留白一处，总是能在这里自舞自翩跹，场场远古钟声的乐缥缈而来，习习前世的尘烟铿锵而至，我在其间，遗忘世间。世间的一切都没什么稀奇了。

因为我们的人生，很多时候有着那样巧合的雷同。这如同时常看到的小说里有台上的戏，水袖善舞，环佩叮当，眉目间有远山远水，小小的台上，早就咿呀一生了。或者电影里喧嚣的街头，粗布麻衣的妇人几吊钱换来纸包的火红的生活，小孩追逐嬉戏的冰糖葫芦串上的甜丝丝的笑声，世间烟火早在这里被别人过遍了。

我更愿意像一学生模仿简嫃写的境界去生活——你若问我姓名，白石、雪暮、秋夕任你称呼。你若问我住处，山留哑樵，水留钓叟，只留一间紫屋给我便是，我请那鹿来看家，猿来守宅，若是偶尔读倦了书，且看那山川便是不倦的文章，有日月为你掌灯伴读，哪有读倦的道理。

静心一些，多是惬意呀。

又读翁偶虹《自志铭》：也是读书种子，也是江湖伶人世间；也曾粉墨涂面，也曾朱墨为文。甘做花虻于菊圃，不厌鱼于林。书破万卷，只青一衿；路行万里，未薄层云。宁俯首于花鸟，不折腰于缙绅。步汉卿而无珠帘之影，仪笠翁而无玉堂之心。看破实未破，作几番闲中忙叟；未归有归，为一代今之古人。

"为一代今之古人"，多大气多磅礴又自省于身。想来能活出古人意境的，是清心看世间万物，万物又得有了自得其乐的深意。呵，太难。

我们大多数人的一生，只是声声唱罢《白头吟》而又不知，我们不停地追逐，不停地挣扎，与这个纷扰的世间混为一体，难得有人愿意为自己的心去做几日闭世的禅主。

当我朦胧领会这些时，我开始要求自己并努力去坚持：明日起，又是闭世日。闭世才可清念，清念才可忘我。物我两忘，是"沧海尽教枯到底，青山直待碾为尘"的莲花座。

古意，大概是持久而永恒的怀想。是扬尘而去的一念，是粗粝面目归于寂寞归于空濛无垠的一念，有这一念，便心如苍劲枯藤，盘渊而生而纠缠。世间的风啊云啊，在你的怀想里也各归歇处。

或许这古意也是慈悲的心肠，是要岁月染上风霜后才能洞晓的自然风光，不与世争，不与己吵，万物都有了它自己的面目，你讪笑其中，朴素相融。

难怪池莉说她选择像农民那样流汗，像祖先那样步行，像动物那样依靠本能吃洁净而简单的食物，像植物那样依靠阳光雨露生老病死。她说，这是我的文明和时尚。

我有一朋友，总是坐窗前翻书，魂魄自一缕风或一声鸟鸣就扯开去，再低头，那书，已被时光的风翻过几页了。她也不回头寻章摘句，依了时光翻过的痕迹，再读下去，把一个夜就读到深处。

她活得古意，生活中也有高分贝喧嚣的林林总总，但某一时某一刻，是得见自己心境，隐秘花开成的小径，有什么比这还让人身心芬芳的呢——"那天，有一个女子折下一朵开在窗外的玉兰，无语深嗅。于是，远方的天空，有一只水鸟衔住了一行词，打开一片日月。那里是另一个点燃着烛火的村庄，许多的古人人声鼎沸，现世安稳。"

这是某一生的古意，在今生的一晌贪欢。

往事深盟

新雨初收的喜悦早晚要过去，剩下狼藉杯盘的人生不知所归。很多时候，人一生都想逃开。时光很松，没什么能握得住；往事很深，没什么能捞得起。

有人说逃开又怎样，最后还是回到原地。其实，逃到一个地方，再从那个地方逃回来，是宿命，在我看来，这兜兜转转的情怀更胜似浮世的清白，闭世的风情，是一脸素容，半世尘骨的畅美旅行。

我愿意有这样的行程——逃到没有我的地方，逃到我又遇到我的地方。遇见自己，一如风清会意云白，又宛如初见。天色已晚，新茶三沸，正当时。

我称这"当时"为一种情谊，不悲苦凄楚，与往事握手言和把手言欢。仿若与往事定下过盟言，并蒂莲花，终养天年而时时有清爽之气。

南宋词人蒋捷有一首《虞美人》写自己一生听雨的情怀，更是以听雨为媒，与往事对望——

少年听雨歌楼上，红烛昏罗帐。

壮年听雨客舟中，江阔云低，断雁叫西风。

而今听雨僧庐下，鬓已星星也。

悲欢离合总无情，一任阶前，点滴到天明。

少年有意，只需"听雨歌楼"，浪漫，孤苦，忧伤都是情怀；壮年苍茫，回首往事愁肠百结，又无语相叙，眼前也只剩下这一"江阔云低"的世界；而老年僧行，往事就在"鬓已星星"中惆怅老去，与自己互不相识。这样凄苦迷离的往事直叫人辗转伤怀，满心幽思，欲诉无凭寄，甚至找不到自己。

好友文婷在她的《〈诗经〉是一枚月亮》一书中写过她是为何喜欢绿衣的："我只是在用一个女子的真心和最笨拙的方法想将青春一留再留，留到不能再留。而倘若有一天，我不幸先于爱人离去，希望他在怀念我的时候，能想起我穿绿衣的模样，即使他老态龙钟，心中的我还依然是'宛如初见'。"

这段话中的"绿衣"原本是"白衣"。写这一篇文章时，她来问我："我可不可以把'白衣'改为'绿衣'？白衣是少年的，我心中已无少年；绿衣是青春的，我还想留一点颜色。"

书完稿未出版前，她竟离去了。悲恸间，我最先要知道的是她走时穿了什么衣服。一套她几乎从没穿过的飘逸的长衣，不是绿色。我有时会想，这线索里究竟埋藏着什么天命？回首她的往事，一半的古典相思，一半的现世纷扰。这从她的文字中也能看出来，之前素手弄筝，之后日日奔波。直到她远去前写的《诗经》情怀，她才又遇到自己，所以她才会那么热烈地夜夜写到凌晨两三点。

又想起她第一本散文集自序里的结尾说：与生命、与生活、与文字，都是一场华丽的缘，而我此生的使命，也不过就是把这缘善待至终。是的，穿绿衣的半生已交付过，另半生只为了再遇见自己一次。这一腔往事里最单纯的素衷，确实如她所愿地完成了。

遇见自己，是与往事定下的盟约，是一段旖旎的风光。我希望有一天的我，是这样的：手指苍茫，翻开一页雨巷却能走进自己少年时一本湿漉漉的诗集；发丝如雪，梳理一段往事便能心安地穿上一件光阴洗过的白衫。

茶风三道

每无意间去焚香礼佛的净地，总觉得我来，是挟了一身过客的风尘，甚至仅有的雅情心境清白幽思也一霎蓬松如蒿草，有浑浊气。直到退出那一卷佛音好远，心才平缓安稳。

再看，鸟鸣是一粒山间的种子，带到窗前，灼灼而开，开得佛意芬芳。还要把林梢风语装订成诗集，封面要找《诗经》里的女子绣上月光纯美的花瓣，痴痴而唱，唱得佛事旖旎。

再回到煎煮般人海中去，日月扇面上，我自有茶风三道。

一道赠给爱，它是山水遭逢的刹那。

彼此的眼神如清亮溪水，跳涧越石，穿花绕树，忽然就撞见了，然后一瞬间漾起笑涡，溅起云霞。初见时的爱总有着跌宕起伏的惊喜，溪流激涧的欢愉。

古代小说每写到两人金风玉露一相逢，总爱说两下一对眼心下便了然。这种初见之美，羞涩幽深。那心下了然时嘴角心窝就挂上一串溪流，笑意清亮，真是胜却无数的。

后来，一起蜿蜒奔涌，但总有一时，分一支流，逗留于一洼，又或一束剥离汇进更大的潭，音信杳无。从此幽恨堆眉成峰岭，怅然落唇变残红，说不出的凄凉怨愤。

有时爱需一份自喜，亦需一份自醒。如果一生为着一次遇见，那山一程，水一程，就是你的美好旷途。真待有一天山穷水尽，我们应该学会走进自己的心灵圣地，那里和风惠畅，鸟鸣蜂舞，你会看到你追寻、流连的一切耿耿怀想，原来只在与山水的对望里便令周身清凉，顿时领悟这最后一程，原来不是马不停蹄地奔赴，而是——学会爱自己。一如山逢着水，水遇到山，是自然与生命应有的旅途，是那山山水水又一程的旷达与境界。

一道赠给微笑，它是风从《诗经》里采来的茶的前生，为的是与今世的某个人共煮清香。

微笑带着邀约，又带着宿命，于尘世热浪中滚过，不怕浮浮沉沉，于高天闲云处沸过，又能清清爽爽。它是一个人自己流转的风光，有澄清的脉络与幽清的气息，舒展绽放，又是他人唇边爽净的香。

有人对西湖做了一个曼妙的比喻，说西湖就是一壶浓酽的龙井，里面泡着苏堤春晓、曲院风荷，泡着南屏晚钟、平湖秋月。

而这微笑便是落入壶前的那片清新的叶，傲视过山川的豪言，容纳过雨露的薄语，既不自甘卑微，又不拒人千里。对外界始终持有一份宽怀心意，对自己又能静水流深。

与人与事，有这样微笑的交融，就对了——一叶之微，却能洗尘出心，一笑如禅，才能细香袅袅。

一道赠给皱纹，它是岁月盛宴上备用的琴弦。

弹云奏月是雅事，那时多年少，琴弦铮铮，或繁弦急管，或靡靡之音，自成清扬绝响。终有一天，曲高和寡，手指也苍老虬曲，才发现岁月在额头留下沧桑的纹路，旧人旧事渐行渐远。

这时需要一点心气，一点气力，去擦亮它，你会发现那些皱纹根根成弦。再调一下音，低朗深沉，伴着孤衾为清冷余生续上几缕暖曲，琴音幽静远邈，人孤老而不凄凉。就像那些花事，迟早会跟上荼蘼的步子，却一样开得跌宕自喜。

岁月的深处，这缕老掉的浑浊琴音，诉说着自己一生如佛宁静的往事。然后被一声鸟鸣衔走，捎给远方，被一笺风语收藏，由懂得的一颗心轻轻吟唱。

一个人的佛村

许久前曾看到一个女孩在网上说起，为了安妮宝贝的一张照片而买杂志的经历，禁不住流露出孩童般的笑。她说：

曾经为了那本她做封面的《城市画报》，跑遍大半个城市。那时留下的纪念，仅仅是为着她一张淡然微笑的脸庞，黑白面容，沉静的清修的安好的，一半的和煦日光交融着一半的暖色阴影，镌刻和隐没着我们逝去的时光。

这样的女子静谧如画，有"沉静的清修的安好的"面容，端坐日影花廊下，心无杂尘地绣着一团喜气，再绣上清远高洁的怀想，或是行于旷野，妥帖自在一如走在自己心灵的版图，有着云鸟与远客一拍即合的缱绻美意。

那样的一张画，时间是润泽花簇的肥料，身边有马车辚辚而过扬起尘土，她眼睛里只有自赏的风光。

所以那个女孩是如此欣赏并且希冀成为安妮宝贝这样的女子——面若桃花，心深似海。外在柔软，内有洞天。

我知道那种感觉的微妙，净美又繁茂，浓稠又清新，一如清水浓墨，蝉声绿荫。会意时有千里神合的心动，容面却安定。

很多年前的莫文蔚也曾给过我这样的感觉。那时她的眼神像一只鸽子，仿佛越过海洋捎来讯息，她亲近你，又哀愁空旷，带有放纵的妖媚，却是最深重的嘱托，有着不容质疑的面容，静静相望。

和眼神一起牵动心魄的，则是那个年代她如海藻般披在胸前的长发。她在那儿唱歌，她兀自平静而淡定，眼神迷离，嘴角有着模糊而暧昧的笑。

就像《阴天》里她的慵懒与寂寞，大概是正好染上自己的一份心绪，这才一边心神不宁地看着她，一边笃定地坚信内心的安详有时来得这么不可思议。

相通相融的灵魂，原来并不是你在说什么，而是我听到什么。

是在小城街角一家音像店门口，夜色隐匿的深处，我看到她，海报上的她眼神和长发泛着温婉透彻的凉。那种凉，似乎是一种说不清的底色，朴素又妖娆。

然后无数次在她歌声中游离，一片梦幻的疆域，随意放纵自己的忧伤，无视窗外无休止幽咽不断的风，粉饰太平。然后就在她的歌声中，心有安处。

也许不一定就是她，但总有这么一个人，突然撞入似的，让人在那些薄如纸的秋夜里，清心寡念，不觉孤独。

这样的情怀，是清修所得的寓所宅院。

让往事深盟开成花房，不再拳拳盼望，窗前自有花香禅意，一个个日子丰神绰约；让劳心恩怨化作微薄的风，人一生天色暄热，留些逸洒清爽给自己该最好；让得失之患养成深渊之鱼，时有不甘，你去垂钓，空手而归却自得乐趣，年光不饶人，懂得放下，芦花明月地回家去，半是白头，半是清心莹澈。

多年来，一直爱在闲纸张上乱写字，写"静以养德"，那时觉得德的重要，时下又想，心有安处，自成一体，就是"得"。"德"是人生大体，"得"却有小乐。

这阵子又爱写"清修一宅"，与这个"得"竟是相通的，不禁莞尔。再想那一份缱绻美意的深邃，竟透着佛性。行于世，七零八落地忙碌挣扎之后，内心的安处，便是这"清修一宅"吧。清修一宅，一宅一佛村。

　　一个人的佛村，光线疏朗，淡雨轻云，菱歌莲唱，花事绸缪，是幽香自怜心神潋滟的自我交契。你若问起音讯，蓝天开路，鱼笺雁书，你自会收到月白风清。我要留下我的，一大片毛绒绒的寂静，挂在发梢。

无事此静坐

行走时有日光倾城，寂静处有僧敲月下门，随意间有莲风唱晚。

我是乐于过这样的幽微生活，依一座山，能听禅音过耳，鱼雁尺素；浮于一片水，能见青盖亭亭，画舫载酒。

但心中是有热闹的。偶尔回忆，会有一些温暖的人，一直在你的心房里做客。他们安静，有人在读一首诗，有人在喝一杯咖啡，有人在发呆。拥有这样的一些客人，是你的幸福；心里留有这样一间房，是你的财富。

这样的生活，这样的房间，需要怎样的静修才能有所得？那时便可以，无事此静坐，日光摇窗，月影游鱼，"杏花疏影里，吹笛到天明"。

无事此静坐，错过百花，落红不过是分了段的词，一词一念一相知。

那天听林志炫的《没离开过》，真是好听。林在台上的表现有安静而恢宏的气质，仿佛演绎内心大美的一场交响乐。带人到山间瀑前，飞溅的往事，自上而下，一条白练的美，最后碎开，

成珠玑万点。

唱的，其实是人一生的画卷。我们不断行走，逗留，与人、与世从没离开过，其实，静静回想，却分明错过。

错过好花，错过远去的河流，错过一场风的传奇，错过脚下如水明亮的向往。

人一生，就是一片风里传来的一缕花香，一首缥缈的老歌，最终须臾而过，而错过。

错过，碎开，影影绰绰，绵绵不绝，又空山寂静。你才渐渐顿悟：那花香，是曾经人生百花里的一段词，一段画卷，即便已褪色，但你知道，这一段，依然文词深渺；那老歌，是人生街头嘈杂里的一段交响乐，一段传奇，即便瞬间被淹没，但你知道，这一段，依然是那么好听，是旧人旧相识。

无事此静坐，一城旧事，美丽而苍凉，即便剩下一个名字，或一条一起走过的街道，心中仍有一墙花影，往事如昨。

苏童在其小说《徽州女人》中写过一个小站有一天来了一个女人后发生的故事，很悲情，但细读处，又透开了密密的温情。比如，女人刚来时，"从此，矮房前的晾衣绳上竟飘开了花花绿绿的女人衣物，空气中也因而夹杂着一丝讨人喜爱的温情的气味"。有很多故事的好，就在这一小段的流转中，却有着惊心动魄的美。

那个小站，没有女人住过，那些花花绿绿，犹如金灿灿的葵花，是那种丰腻的质感，风一吹，吹得人飘飘摇摇。所以，死去的哑佬，"瞳人里装满了金灿灿大朵大朵的向日葵花"，他永远能记起的，肯定是那一天，灿若葵花的衣物。

我一直认为，人生到最后都是一堆片段的屑，如同一部恢宏电影里的某个情节，在多年后记住的是它，而非电影宏大的叙事。

所以，日薄西山，"苍茫云海间"，你静坐不语，但唇间一念起，那个名字，仍是不老的一场清风。你浅笑，眉尚清，"当时明月在"。

无事此静坐，周身澄明而辽远，心胸慷慨，朗朗如百间屋。心似花室，与世相隔的墙上，印着花影，摇啊摇。

此处安身，朝夕忽老

人一辈子，要把白发当成浪漫，别当成沧桑，可以活得自在自我。

可是岁月猎猎，浪漫是每一个昨天的，剩下的只有沧桑。我愿所有的白发，是最后峥嵘的浪漫，繁盛于江湖之远，或市井之隐。

那时有清风明月，过小窗，过小桥，过半炉香。恍惚间，有回忆逐寸逐寸地离我而去，怎么，就忽然想不起你的容颜。
但是，依然那么美好地微微一笑。

微微一笑，是我努力用老去的手指翻看匆匆青春诗集时，依然记得的温暖。那是我与你即将隔世的缘分。所有的诗句，被一个字一个标点一个分行，隔开，就如同隔开我们的岁月。

"当你老了，头发白了，睡思昏沉，炉火旁打盹，请取下这

常觉素常生活，一定是枯的美学。光阴、青春、爱人的容颜，都是好花开了一场，最终归于寂美。我们只需做一个从容而坦然欣赏的人。

路上捡的丁香花枝，在我平凡而普通的一天里，
带给我一整个的春天。

喜欢一切旧下去的东西，旧里有素美。
敢于旧的人，必有大素大美心。

我们一起做不急着赶路的人吧，即使我们去桃花人家，
去白云深处，我们都愿意为身边一朵就要开的野花停步，
为一把空椅子安排肩并肩的情话。

部诗集，慢慢念。"从年少时读叶芝的诗开始，就一直想年光老掉时日的事，想到头来，是否会有一部这样的诗集，让我慢慢地翻。

也许，总有一首诗，念一行，两行泪纷纷。再一回首，不过一去二三里，烟村四五家，最后怎么就相隔天涯？也有，晚晴一行，暖风又一行，一直念到最后，一行发如雪，一行纸上低雁无凭寄。

已是尺寸光阴，囊中日月。且将镜中花水中月，当一世风光，好好相遇一场。洁净而如天籁。唱起时，清风相伴共醉。再回首一霎，愿这颗心凉如水，再如冰，且把我与你的情谊，"吟成白雪心如素"。一如山水映天，忽然记起旧人旧事旧念契阔。已是，一山晴日，一水晴澜。

昨天，是十万座城池，九千行白鸟，八百里尘土埋媚骨，七十年不停相遇，依然于六朝华都，却回眸一笑五蕴皆空，四时衣上起风尘，三生三世三弦音，弹破江湖两相忘，一朝风起一朝白露为霜。

此处安身，朝夕忽老。热闹时，"东风夜放花千树"；孤清时，"矮纸斜行闲作草，晴窗细乳戏分茶"。呷一口，唇上诗行化作两行雁，谁寄锦书来？日日盼，直盼得瓦上落霜，纸上起风。

霜是瓦上客人，你是我心上离人。任东西风来，"去时陌上花似锦，今日楼头柳又青"。再多些时日，哪怕写下叫人肝肠寸断的阳关西出酒，但愿你在他乡，一座城里，把起杯，"为君持酒劝斜阳，且向花间留晚照"。

忽然念起，"六十年间万首诗"，但愿有一行，"惟不忘相思"！

宿墨瘦尽

看某画家山水画，如一品读人所说如浓茶，清澈明亮，香馨高克，味醇甘鲜，回甜隽永。

我读水墨，更喜清热中舒展一枝一叶足够，不要浓。水似清泉，墨如云。明明是黑，却读着透亮几分。如鲁迅书桌上那一盆"水横枝"，如雪夜茅舍旁一点梅。

再喜的是扯进了几缕秋气，墨或瘦，或恬静，总有留白，等提一壶浊酒来的人。

喜欢墨香，是敛静自喜的一团香。犹如雨中赏荷，"雨气兼香泛芰荷"，那香气更胜似雨淋下来的，墨香，其实是人心气上的味道。

相比墨香，更值得静气相观的，是墨的走笔。墨浓如泼，丰韵天成，是情深款款的走笔；更美的却是淡墨见骨，枯笔含润。犹如黄罗帐幔，最美的则是遍挂的流苏，一朝风起，喃喃嘤嘤。

淡墨枯笔，要宿墨倾注，便超凡脱俗起来。既大气琳琅，又笔断意连，回迂间曲折生风。讲的也是人一生的走笔。

宋代陈师道在《赠石先生》诗中有一句："迫人鬓颔纷纷白，临事回迁种种迟。"人生憾事，断了，意未尽，拾起，却已不是原来模样。最美恰恰是这一种回迁时的迟。花未开，是迟；墨未动，是迟。一宿迟墨，只走一笔，菡萏半开，隐而不宣，心扉洞开。

宿墨是养来的。暮雨云横的黄昏，养些心气，夜里再听，才尽是花间滴露声。

宿墨要两夜，一夜是闲庭曲槛，要在腕间使转，松松闲闲，研出香气；这才有了另一夜，是幽阁回廊，静而生幽，幽而如阁，阁通回廊，每走一笔，都是说不尽的况味美意。

宿墨是云情水袖。大张大开的花，圆润无缺，富丽之姿，却不懂瘦山瘦水的清幽。花瘦一瓣，也尽是山水风骨。冷峭、坚洁、幽远。

用宿墨的人，若能将墨瘦尽，必是懂古时女子心意的，所以画中的山水，尽是瘦。天上的云，大团的，难有幽意，只有薄薄的，一缕一情，看似淡远，又散不尽，就那样若有若无，撩人心魄。

云映于其中的水，也是一缕，是古书中女子的翠袖，挥在瘦山间，丝丝缕缕，看似枯竭，却扯不断，一路旖旎而去。

宿墨入画，瘦尽的笔尖，胜似云情水袖，挥一挥，都是水意泱泱。

宿墨瘦尽，一缕一缕，是山风拂过，烟尘荡尽，留有最后的欢妆。

比如轻笔一拖，拖出几级台阶，薄透的来路似的。僧人走过，脚印都开出禅意的芬芳，不必回头，人生的念想不在一回头一蹙眉；旅人走过，因装了一背囊的清风，生怕台阶难承担，而走得如云影；隐者走过，苔痕上阶绿，身后有清风，扫阶如新，什么也不见了。

走过的，其实何尝不是山风，来者都有一身的烟尘气，那一笔薄透的阶，从这一头，到那一头，走过去的人，幡然浅笑，面容清和。

这样的墨，是山间夜色，轻纱起雾，你知它的好，端得笔，却画不出，但依旧笑了。

往事的马蹄声突地就远了，人与事，一团云影半山风。但你望向窗外，悠然想起张岱所说的"天上一轮好月，一杯得火候好茶，其实珍惜之不尽也"，真是好。

哪怕，宣纸空山，往事深远，每忆起却是一壶浊酒喜相逢。再扯几缕白雪几点落梅，似乎往事空谷有幽兰，寂静有芬芳。

或者干脆就是，画瘦了山，涂瘦了花枝，扯瘦了溪水与鸟鸣，在一缕墨里，瘦成短短的一行诗。

宿墨瘦尽，本是从古书里传来的瘦马蹄音，泠泠走笔，渺渺清音，但一提笔，一山的野花尽数开。

简朴情怀

"向西逐退残阳，向北唤醒芬芳。"这是三毛的话，她说如果有来生，她想做一只鸟，怀着这样的情怀，飞越永恒。

习幕经商的沈复做《浮生六记》，情深婉约，俞平伯先生评说："此《记》所录所载，妙肖不足奇，奇在全不着力而得妙肖，韵秀不足异，异在韵秀以外竟似无物。俨如一块纯美的水晶，只见明莹，不见衬露明莹的颜色，只见精微，不见制作精微的痕迹。"

《记》中一字一句，一事一情，尽是透彻情怀，才会得到如此高雅深渺的赞誉。如钱师竹病故，依父命往吊时，芸欲偕往，但需通情达理，一前一后登舟。及拜典之后，两个终于相挽登舟，太阳在此时还未落山。这时沈复情怀简朴至美，说，舟窗落尽，清风徐来，纨扇罗衫，剖瓜解暑。这一"剖"一"解"，与前面一"落"一"来"的美景相比，情怀磊磊，不比雅事俗几分。

情怀，是一页淋湿的诗稿，不读，都尽是明媚的好意；情怀，是一角檐下江南，不去，都尽是淅沥水声，缠绵如宗教。

因有情怀，连天阴雨，早上阳光普照，一串串蝉鸣，都那么好听；因有情怀，世事纷杂，也看得透，每个人的身体里，都有一个温暖的诗人走来走去，是窗前一缕风，屋檐滴答一串雨，从此拎得清与世间的距离，不过是一个转身。

山无名，深处有水流，即便小，也是自己的一溪清泉，内心才有"远随流水香"的情怀；树无名，阴处有清风，即便疏朗，也是自己的一晌贪欢。

世间情怀，为人最该视为上乘，但情感世界，这样的情怀则需蛾眉扫尽，尘事落尽，才看得透，看得开阔。如此，才会有宁愿之美。

我宁愿，在那样一个黄昏，下着小雨，我和你在一架藤下，闲闲散散地说着话，看你不着妆的容颜，看你慵懒地梳理着头发。哪怕一辈子，就有这一次。

或者当你老了再也走不动的时候，你穿着纯白的连衣裙，手里拿着一部我也喜欢的诗集，而我正好穿着白衣，人生将暮时分，往事纷纷如雪，我紧握你的一张照片，贴在胸口，静静地躺在摇椅里。

最美的时光，都是在情怀里。最美的时光，就在某一刻的窗前，看明月悬天，秋夜阑珊，一回头，最美好的女人在身边，她没有看我，都那样让我着迷。

　　最美的时光，是为着这样一份情怀而跌宕自喜——一窗清风，是我与禅的缘；两鬓白雪，是我与自己的缘；三世明月，是我与你的缘。

明月容颜是故人

久处幽堂，情思如昼深，清风忽来，便是好伴；虚窗半掩，夜朗心清，明月进屋，不减故人。

这样的明月，借来三寸是天堂。挂在黄昏后，春衫薄透，隐僻深幽；挂在小窗前，漏声滴滴，一厢欢喜。

周邦彦的《浪淘沙慢》中有一句，"恨春去，不与人期，弄夜色，空余满地梨花雪"，说的是可恨春风不与人相约，装点夜色的，只剩下梨花满地白如雪。

陈廷焯《白雨斋词话》里说：上二叠写别离之苦，如"掩红泪、玉手亲折"等句，故作琐碎之事，至末段蓄势在后，骤雨飙风，不可遏抑，歌至曲终人散，觉万江哀鸣，天地变色，老杜所谓"意惬关飞动，篇终接混茫"也。

可见恨之胜极。周邦彦那一句，更似幽怨，期会的人不来，

一人于窗前"弄夜色"，凌乱的步子剪得一地碎银，细看处，是梨花雪。

同是明月，两厢会意两重天。

我更喜欢的是，明月进屋，不减故人。拳拳心意，眷眷怀顾，任月映帘动，纤指间素窑古碗，盛满佳约，一派清幽自喜。他不来，自有明月照屋，添一念细香；梨花落，自有白衣胜雪，清心不减故人。

得此心境，简朴，幽微，向月抚琴，低眉自喜，总比攒眉间，泠泠音深，更懂闲月有情。

得此心境，是得另外一个世界。是背对无望，但妄求的。也是一场隐秘的花开，却是枯瘦的季节。百花开遍，心却如同温暖泥土里无数安睡的种子，迟迟不发。但又总珍念与笃信，不知什么节令，哪缕春风，自会打开一段神奇的旅行。

自我的困顿，在那样的时节里，成全一方桃园。自喜的节令，冷暖自知。却也不退缩，不低首，不自怨，任其乱草成语，低花成诗。

桃花总是很瘦，杏花总是泪如雨。街巷里，总有穿行的少年，眼神凄迷衣衫薄，还总是想担当一段旅程，担当一抱。其实，走这一段路的人，只有自己一个；抱住的，也只是自己虚幻的心虚弱的成年礼。但是低低朗朗盼着的，是花好月圆，清风共醉。是自己的桃园，自己的清风闲月。

到如今，能留下的是日渐淡薄的情怀，更多的则是清闲净美的心境。那满山的春花秋月，满眼的云天水袖，早已是昨夜小楼，一场诗迷纸醉。所有的怨，不积不深，不见不怜；所有的喜，是风是月，再看山即是山，万事可休。

心境已是静世，山成佛，心似绢罗。再默念关汉卿小令中的句子，"南亩耕，东山卧。闲将往事思量过"，已得清闲，得慈悲。或者就诵上《小窗幽记》这一句，"幽堂昼深，清风忽来伴；虚窗夜朗，明月不减故人"，便得清风照顾，明月容颜是故人。

冷庐不语

我写过很多"不语"。就像我十多年前一直写寂寞，写旧时光，写与世无争的初衷。

不语时相顾无言最好。我见很多不相往来，不相言，很多的是念得太多，缠得太深，往往一段好时光，过成雨横风狂三月暮。

其实，与你买花载酒长安市，或家山见桃李，一繁华一寂静，全在彼此敬重。敬是一间屋，一几一茶，早与你备齐，只等你打马下江南。

《本草纲目》一直在闲暇时偶尔看看，不是看浩浩心血，而是看那些沧桑的药，看药的前世，皆出自一草一木。但有时更喜欢《冷庐医话》，一间冷庐几句暖人心的话，仿佛它不写沧桑的前世，只写治好的现在。

而"冷庐"二字，与"医话"，多像我们的不相言，但自知情重，话语纷纷凝噎。

我也有一间冷庐，酿不来桃花酒，煎不来春水茶，邀不来秦时月，自然造不来二十桥明月夜。我只有青山隐隐水迢迢，到长亭晚，到骤雨初歇，到对酒当歌。只愿你来，懂得结庐在人境。

跟过去相顾无言，最好；最后相视一笑，最妙。人生数得过来的几个十年。十年是段路吧，走着走着，就走到现在的自己的心里。一切过往，留给释然。

"释然"不是抛开，是再也不需要"解释"，也不需要"然后"。小孩的玩具爱不释手，坏了，撕心裂肺，怕坏了，藏起来，最后可能藏得自己都不记得了。我们每个人都有自己的"玩具"一样的爱，也都有藏起来的记忆，最后的"不记得"，不如一开始的"释然"好。

昨天晚上，在自己网上的地盘说了很多话。跟任何人无关，跟任何事无碍。只是在闲暇时一个人小跑奔向一座山，静静在山半坡小坐，看那秋深雪欲来的景，一风冷，一叶尚留枝，恰恰不知自己到底在何处。是在一枝寂静上，还是在满地黄叶处。想想又不需问何处。多好，自己跟自己说了半夜的话。

一个人不语，守一枝瘦松，半山仰之不尽；两棵风树，一人

一影两对坐，不语有禅机；回到俗世，静花插瓶，日月书页放心合上，一蒲团，两杯空茶，都是好香留室。

原来，一个人独幽相处，一切都与自己无关。这时不需说，不用做，只静成一风，一枯枝，一山，就能合目禅寂。

而一山之寂，全在相顾无言。任你前尘散尽，往事纷至沓来，我只愿活在一本古书里，活成风，活成雨，活成冰洁的雪花，活成不语的山，活成你在将暮时分还记得我的一<u>丝丝</u>一<u>些些</u>眷恋。

群处守嘴，守人生大堤；独处守心，守静水流深。我觉得，人世间，我和你，不差几句言，差的是，彼此的心意。所以，我一直不语。不语最情深，因为懂得。你懂我不语，我懂你情深如大宅。

坐来肌骨清澈

般若思

人生行走，处处有般若。一低首，一思间，眼前脚旁只有野花，看得入神，仿佛所有烦恼顿消。这便是般若。般若本不在思，恰在不思之思。露从今夜白，月是故乡明。单一句，已思意起，且万重意。于是，隔万重山，但不再遥遥。这就是一个人与般若的距离。

何为般若

画不尽一山青，唱不出一树绿，写不出一花红。

吹不响翠竹一枝，拾不起黄花一瓣，也找不到白云深处，寻不了流水去处。

正所谓：翠竹黄花皆佛性，白云流水是禅心。

凡佛一念间

春一念，秋一念，四时不念天荒地老有穷尽；爱一念，恨一念，爱恨不念海枯石烂无绝期。

花，一念开，一念落；天，一念晴，一念雨；人，一念笑，一念哭。

超然登佛地

人生是由无数的一念串起，穿成珠，念念在耳，在心。

至上境界应该是"弹指声中千偈了，拈花笑处一言无"吧？

一超然一佛地。

佛出自性

道法自然，或佛出自性，在年轻时每一思忖，都觉得尽是一个"无"字。自然，自性，过于在己，虽然年少时心里自我情结重，但仍会想这"道"不该最终是"得"，而应是"舍"。慢慢年岁长，才知得有时就是舍，舍又是得。

康熙为苏州仰苏楼撰写的对联，"波光先得月，山秀自生云"，确是有几分相通处。很久以后，便一直喜欢这份自性。自性不是"一"，是一生二，是黄景仁《黄鹤楼用崔韵》中的那一句：到日仙尘俱寂寂，坐来云我共悠悠。

动静相谐

以前很喜欢"意静不随流水转，心闲还笑白云飞"的境界，因它强调的是静与闲。静当然好，但每十分静里，都有九分动。风动，才能云动；云动，才能月动。你坐于窗前，才会享受一分静的好。

此时，世界是一幅画，你在画中。但你已被风带走，被云载走，被月牵走，只有你在画中动。

必行图

苍岩山福庆寺有一副对联：殿前无灯凭月照，山门不锁待云封。对联能生发很多意蕴、禅思。我更愿想成一幅出行图。

一僧一青衣，朗月相照，山云相伴，去敲一扇月下门。门里有客，恭候已久。两人一坐，一茶，一屋月，一窗云，说的什么，说了些池边树上，一只鸟的梦。

慧香

禅道写在书上，绘在画中，藏在人心，远在自然。

晨起焚香，暮落听经，是日常修行，面带安详，能看见窗前瓶花缠香气。

走在小径，行于山川，水天一色，坐来肌骨清澈，清澈是慧根生出的香。

顿契

云无心以出岫，鸟倦飞而知还。出于自然，源于本心。

人若作云，会与花草言，与百树语，乐会忘忧，是另一重意；人若作鸟，恨不得直上云天，飞一山越一岭，忘记天上没有路，是另一层意。

迷人渐修，悟人顿契，自识本心，自见本性。

坛经

坛之上，道法自然。坛之下，"青山绿水，白草红叶黄花"。

坛上坛下坐，又是坐来肌骨清澈，坐来云我共悠悠。

葵花不转头，我就转晴

1

古人可恨。写光了月光，写细了溪水，写疯了春风，写没了梅花。等我活回去，找你们一一说理去。

说不过，我就让江水盗走月亮，让落花牵走溪流，让桃花约走春天，让白雪挽走红梅。然后我就可以，把月光写给一条小路，一个小园，花间一壶酒；把溪水写给两岸青山，一行白鹭，村中万木花；把春风写给千里莺啼，十里长亭，人间四月天；把梅花写给一纸黄昏，一笔弯眉，万卷冰雪文。

2

每天一大堆工作，我就左勾拳，旋风腿，给它一顿好打，把它解决掉。打完就装书生，看看书，写写字，与清纯草木耳语，与茶香墨香掬诚相待。如此，被打得落花流水的生活，就好似跟我无关。

我是喜欢看古书的人，喜欢回头的人，生活你是马不停蹄往前赶路的人，我们井水不犯河水。

3

时光，我警告你，你太行色匆匆了，我在你的百步之内，你还能看见我，百步之外，你就目中无人了。所以，每次在窗前，我就恨你，带走了李白的白月光；每次吃泡面，我就恨你，抢走了苏东坡的东坡肉。你火烧眉毛地跑来跑去，趁火打劫地抢来抢去，你不累吗？

可是你从来不听我一句警告，好吧，我换一种语气好言相劝——若你走累了，亲爱的时光，请你在我们身边儿坐一坐。不用着急上路，花不急着开，我们不急着老。

4

我不住"天街"，我一样能享受到"小雨润如酥"；我实在困了，没法"小楼一夜听春雨"，我一样能听到深巷杏花闹；我没有约你"微雨池塘见"，我一样可以与你走在"小桥流水人家"的画里。即使生活送我"脚底一声雷"，人生又"顽云拨不开"，把我心情淋湿，我也绝不听从安排。

心情不晴朗时，我就站在背对我的向日葵前，数三声，葵花不转头，我就转晴。

小篆香

　　案头菖蒲，清凉，安稳，桂花茶，娴静，暖意，半张稿纸，悠然无字。小坐，隐静，窗口月色清逸来访。

　　忽然觉得，这时就差一炉小篆香，就能过一回古人的生活，也正合适于袅袅细烟里，静气，静言，静念一段往事。

　　是的，一定要的是小篆香。

　　焚香，试茶，候月，临帖，这都是古人雅事。举手间，眉目淡定，心下晏然。缓缓如敬神灵，拈一香，品一茶，赏一月，摹一字，心神仿佛通透，岁月风霜清澈开来。

　　因现在很少有人能享受到古人真正焚香的乐趣，所以对焚香之境，只有无限美好又惆怅的向往。而在古人所焚之香中，最喜欢的是小篆香。

　　小篆香，三个字，一念生香，生暖，再念，三个字便有了烟的蕴藉，典雅。

　　小篆笔画萦回，如痴缠的心事。窗前篆香宁静生烟，缺月在枝间梢头游走，这样的时刻，仿佛一生心事，都燃在香里，萦绕旋回，曲曲折折，诉不尽，诉不清。

秦观笔下愁怨的女子，被一句"欲见回肠，断尽金炉小篆香"，便把心事写得婉转缠绵；陆游对世象百感交集时，"高枕闲看古篆香"，在袅袅烟气中，才有"世间万事本茫茫"的感慨；若是无事时，便可以如黄庚《寒夜即事》里所言"读书窗下篝灯坐，一卷离骚一篆香"，凝思，静想，都是美意。

曾在本子上记了一段话：文人雅致，须心平怡和，方体现快爽，悲亦出诗，道也非虚。不是为做文人而自勉，更多是内心的素愿，求一方心平世界，得一处怡和心境，觉得这样的人生，才不虚此行。

所以常有静坐的时间，只是简单的小坐，却感觉眼前云气淋漓，心底静香婆娑。

突然想起以前和朋友去看古玩时淘的一本书，扉页上有人写着一句话：心是一炉香。当时并不以为然，此时念及，会心一笑。

心是一炉香，一定也是一炉小篆香吧。

一生，凄冷，困顿，泥泞，委屈，挣扎，不停歇，直到最后才能曲折生韵，走到谦恭，圆合，安详。

更多的时候，品味小篆香，觉得它更适合于女子，是心字一段香。

它是女子温婉的细语，是晨起描眉一画画，是写在帛上的一首小令，是素手煮的茶，是清水养的花枝，是低低唤的名，是针穿出的花好线引出的月圆，是素朴日子仍能秉持的安静。

低低朗朗小眉弯，萦萦回回小篆香。一生能看花，听雨，赏月，饮茶；能坐小窗下，行到小篱旁；一生敛静，染香，低眉清欢。

见素见美

　　白鹭立雪，见鹭，见雪，见白，都好。见鹭本真，见雪本心，见白本性。

　　因有素衷，一念生清静，一眼再看，韶华将尽，三分流水二分尘，留一分白，留一分美，日日念念。这样，百转千回一俗心，终于一眼得见百卉千葩。

　　因此，寻寻常常生活，见一分素，赏一分素，心下升明月，眼前见花开。见素见美，如初春二月天，见杨柳春烟；如晚秋二月花，见枫林霜叶。

　　见素见自然。常在美国电影里看到一些风情的小镇，让人恨不得就生活在那里。那些小镇往往没有过多的人工痕迹，是经过时间的打磨，自然而然形成的。一处破败的房子，一辆快散架的车，或者几个扔掉的废物，都极具可观性。

重要的是，那样的小镇有人文沉淀的气息，比如小屋屋顶别具一格的设计，比如门前很不经意一个挂件，比如通向小院的小径好似被一个醉汉抢了画家的画笔，信手一抹，趔趔趄趄，又韵味十足。

古时的爱情，一定是朴素的。你为他披一件衣，他把你红袖牵遍；你为他挑一次灯，他把你冷暖问遍。你为他挂一窗月，他把你诗词吟遍。这朴素，是至美的心意，不语情深。这样的爱，脉脉花语，亦素亦美。

爱一个人就是给他一件衣，衣上绣着满月；给他一轮月，月上写满相思。三个字，不曾说，却锦口绣心，此生一世。

南怀瑾曾说，孔子了不起的地方，除了他的学问、道德、修养以外，还有当时他可以推翻任何一个国家的政权，取而代之，但他绝不那样做。孔子觉得那样不是千秋万代的事业，影响并不久。要影响得悠久而博大，不在于权力，而在于文化与教育。

所以后来儒家称誉孔子为"素王"，这是真正的王——不需要人民，不需要权力，而他的声望、权威和宇宙并存。

这样的素王，得有大智慧，大境界。心不牵念于一人一事，眼即可见素；爱不干戈于一朝一夕，心即可见美。就像我喜欢的

《素园石谱》，林林总总的怪石，养于素园。日日相看，可得见远山远峰；时时相看，可得见近水近美。逸兴人生，再"奉亲营小圃，僻在水之湄"，素手调羹汤，一分素十分美。

人一生，某一时，坐于窗前，风摇竹响，月影游鱼，忽然感觉此前人生，关山重重，翻山越岭，到最后，百转千回一颗心，不过如同翻过一页书。那是书上起风，风吹走云，云带走一场雨，雨淋湿一页小巷。

终有一天，你从不舍，从不甘中，再回望那一场春愁秋凉的往事，心，不再是用来诉衷肠的，而是朴素的草舍，住着往事，越来越薄。日薄西山，晚松林，风送来涛声，你微微一笑，迎走了依旧美丽的目光。

到清晨，暖粥一碗，野菜一碟，竹筷一双，窗前一盆土花，正簌簌地开。然后，推门见山。

山径走了很多遍，路边杂草中探出一株素白的野花，一旁草尖上白露如珠，也如眼目，笑意地看着；芦花多情，一夜思到白，又多了几株，看来苇丛中，又多了清亮的水；几声蛙鸣一来，清水笑皱了额头，好似笑你嘴角还粘着昨夜深处在诗词中你念念的某个字；山坡荆又密了，不能穿行，似笑你多情的那些往事；绕一棵攀着藤萝的松，踩着去年的脚窝，落下一块旧土，只愿那个蚁群再别偷懒，赖在我的脚窝里不走；到小山顶，风一吹，忽然感觉，山老了几许，矮了几寸，也好。

念一句"我心素已闲，清川澹如此"，再沿着老路下山，草在长，风在吹，空山无人，水流花开。

一枚词语一门静

一

谢子安在《野人家》一文里写深山沟的夏天："天弄一些云，云又弄一些雨，下了一场，又一场。雨生绿，土也生绿，此季行车，车辙开始锈死，荒生野草。"

这样的野人家，即使无缘小住，但仍能让人在这一弄一弄里，心无限柔软，如走进一页雨巷，看青石缝里杂生的小草，看水滴溅出一首诗的韵脚。

一个"弄"字，自然，空灵，让人心生欢喜。再看"荒生野草"，就觉得那是难以形容的美。那种自然而然的"野"，你看不出一点卑微，只是恣意的一种洒脱。仿佛天地间，全是自性的野草，望之不尽。而这一切，得来的就是那么轻巧一弄。

风弄来一片夜色，夜色弄来几缕更声，更声弄来几粒微芒，微芒弄来几颗露水，露水再弄来一个黎明。

二

看罗西微博里提到，英国有很多公益基金会，承包下一片山，为期五十年，却不开发。一些山头、农场，会竖一块牌子：由某某基金会租下。意味"五十年不开发"，任其天荒地老。

一个"任"字，目光停在上面，心里突然一下静了，继而眼睛有些湿意了。有一种爱，原来不是长相守，常拥有，而是任其天荒地老。

冬天走在街上时，几次突然停下来，看到眼前一棵身上长满铁锈似的黑树，四周白雪相映，它是那么孤绝。而山上枯寂四野，你深一脚雪浅一脚雪地攀了进去，坐没地方坐，看无红绿看，只看的就是这份寂。你就那样站着，感觉你只能任它们老，任它们枯到底。而这一山的寂与老，也许正是为了任风吹，任雪落，任你来。

一朵云，任它老。老了就掉在墨客画卷里，流成溪；掉在老僧睡石上，落成枕。

一片月色，任它老。老了就住进春江花月夜，青丝为弦，等人弹唱；住进李白的酒杯里，清心为歌，等人伴舞。

三

方文山的《青花瓷》确实写得好，意象旖旎，带人到江南，到水乡。最喜欢"帘外芭蕉惹骤雨，门环惹铜绿"一句，因为这个"惹"字。

古诗中雨打芭蕉的凄恻意象，已是浓得化不开的愁绪情结。如李清照那一首《添字采桑子》所写，不雨时"叶叶心心，舒卷有余情"，直待"伤心枕上三更雨，点滴霖霪，点滴霖霪，愁损北人，不惯起来听"。在这样的诗句中，你的心也不觉似帘外一棵芭蕉，雨打音，无疑是心悲切声。然而，一个"惹"字，仿佛一下子把你带回雨淋湿的往事中，你不是在听雨打芭蕉声，而是所有的凄苦，都是你心甘惹上的，心中顿生的凄凉之感更为深重。

芭蕉惹骤雨，是往事纷至沓来，是动；而门环惹铜绿，是前尘尘埃落定，是静。静得似一张画，你匆忙经过，突然停步回看，看这一扇锈透的老门，一环铜绿，忧伤似雾，笼了上来。你就那样站着看着，那样站着看着，站着看着，看着……仿佛一生只为看这一次，一世只怀这一种愁。

四

不知和寄北相识多少年，但我却知我们相识的地址。那就是一个一个的字。我们几乎一年也说不上几句话，但所有的情意，所有的相逢，都在某一个字上。比如，一枚词语一门静。

我写过很多的"静"，也修饰过很多"静"。"空山松子落""禅房花木深"，都是诗中至静至美的意象。但对个人日常修行而言最美的，至今想来，还是这"一门"两个字。"山中习静观朝槿，松下清斋折露葵"，生活中，一门有禅，一门有美。

静坐案几旁，临摹几个字，墨香袅袅，案上插花静开，你才能体会周邦彦词中的"粉墙低，梅花照眼，依然旧风味"；静看一幅画，喜悦的走笔，如刺绣，绣着山，绣着水，绣着旧时光，绣着一门禅意；静读几个字，平平常常，但连在句中，一读就有深意，你会在某个字上，一眼看见他。

空山松子落棋盘，清泉石上流落花，看看都是美。再穿过小院回廊，推门进屋。花弄来一身香，墨写老几个字；任月半开窗，风惹一点凉。往事在门里，一茶一杯静生香，一字一画静开莲。

灵魂的好时光

一

看时代出版传媒张克文先生在微博里写："书里书外一书生；人前人后一常人。轻轻放下，慢慢坚持。唯其难，显其贵。"心里一动。

因知道这种"难"与"贵"，所以莫名感动他的那一句"轻轻"，那一句"慢慢"。

唯愿此生，简简单单走在书里书外，平平常常做在人前人后。贪念、愤怨或者爱，放下最简单最平常，却是最难最珍贵，因而要轻轻，慢慢。

二

清代印光法师曾为《安士全书》题词，讲此书读法十条。其中有几点，不妨平日试试，慢慢坚持，看有何得，也许能带你进

若墙上有画，画中有花枝，我总会想枝上会不会掉下一粒鸟鸣，落在我尘世的尘里，然后开出远山的歌谣。

简单的生活，是一场向内心行走的旅行。如此，平平常常的一碗粥，

闻到的是贴心的香；普普通通的一瓶花，看到的是贴近灵魂的美。

每年五月看蔷薇，每年的蔷薇也看我。蔷薇看我
心如素，我看蔷薇美如玉。那些日常里的平常的美，
因为那么珍惜，所以有玉的质地。

和你一起走进黄昏，和你一起坐落晚霞。

人生最珍贵的时光，不过如此。

入清澈世界——开卷诵读，洗手漱口，净室洁案；当先正襟，端坐片时，忏悔忌妒、轻慢、骄狂等恶念、恶语、恶行，而后展诵；诵读时，于一字一句悟入处，当起大欢喜。

三

最美的读书时光，一定是人最闲的时候。

午后溪边，黄昏廊间，月夜窗前，在一个一个字上旅行，遇一棵草，听一声鸟鸣，相逢一个人。从此，行一尘，得清风过耳；过一山，得云在肩头；涉一水，得落花流水香。

闲读书，是灵魂的好时光——哪怕两三页，也是有味书，清风翻一页，花香染一页，茶风三道香，读来有清欢。

四

那些即使不看，仍想时时抚摸的书，是旧知。每每慢慢拿起，轻轻翻翻，手指体贴，眼神温柔。这种交流似青草香，如清澈鸟鸣滴落心间。

看到契合的文字，遇到一本犹如旧知的书，是件乐事。如听一首熨帖内心的歌，看到某场电影中掉进心里的人。

五

人一生，身体和灵魂都在行走。当我的身体在路上跋涉时，我愿灵魂在云端，照我高天云路；当我的灵魂在书中行走时，我愿我的身体低低铺成路，为我的灵魂送一程再一程。

身体在路上时，灵魂是我唯一的行囊；灵魂在书里时，身体是我唯一的居所。

我愿人生的旅途，身体走过，留一串灵魂的脚印，跟在身后；我愿生命的阅读，灵魂走过，留一个肉体的果实，挂在枝头。

第二辑　念起你的旧

　　自然最终是寂寞的，但这寂寞，是要多年后，
一个人走在一段山光水色里，才能遇到的一月明，
一风清，那么美好；

老了坐在古藤摇椅上，花甲旧人一个，

听一雪落，一花声，便知岁月安好，笑颜如花。

我送一眉好水

我曾在一个古朴造型的花盆里，养过两块石头。

一块硬，黑，冷峭，如人处世，"尘埃之外，卓然独立"；一块状如风云，姿态翩翩，色似梨花白，落笺瘦词一身，仍清扬自在，如人立命，"空山无人，水流花开"。

是两块普通的石头，于我却是珍贵的稀世之物。隔两三天，我会给这两块石头浇一次水。曾有一朋友看到这一幕，惊讶不已，问我想让石头开花？

不论在哪儿，我总会在屋里养一些花草，仿佛我在与自然朴素相交。养石头，是有些让人瞠目。但对我而言，养石头，就是养一座山，养我与自然相融的心气。

两块石，硬而冷峭那块，水再淋漓，身貌上却不浸一点水渍；风云那块，松松散散，石质随意，水一染，斑驳有韵。从中不但能看到为人处世的态度与气象，更能看到最朴素而美好的自然境界。

那石上，不是空身无物，分明有溪流，有风有云，亦有花枝藤海。但石不动，洒洒天地，自有心中日月；石不语，空山寂静，"水自流，云自飘，花自绰约，藤自窈窕"。

其实，朋友不知还有更令人费解的是，浇石的水，是从房后小山幽僻一处、弯弯一缕小水流中取得。浇石时，我会想，该给那缕小水，取名眉溪。

我愿面容谦和，眉清心静，与一座山，朴素而虔诚地交付一份欢喜。我是想，它能回我一屋山风鸟鸣，野花清溪，也回我一种缘——我送一眉好水，你回一山烟岚。

情感的世界，其实更需要这样的心意。但现实中，我们大都在一味索要，而且还必得是姹紫嫣红，风光无限。

少有人，能只取一石一水，一花一草便有情投意合之妙。往往是，相见欢，"你鼓动风云卷走了我"；爱离去，"你掀起波浪抛弃了我"。似乎只有惊天动地才算爱，只有地动山摇才算痛。

遇到韩菁清时，梁实秋71岁，她43岁。相遇之后不到一周，梁实秋就开始给韩菁清写来深情款款的情书。接下来，有时一天一封，有时两三封，两个月的时间就写了20余万字。

在相爱相守的13年里，梁实秋如磐石守着绝世至美的一株花，挡风挡雨，又绵绵意深。他说："我只是一个凡人——我有的是感情，除了感情以外我一无所有。我不想成佛！我不想成圣贤！我只想能永久永久和我的小娃相爱。人在爱中即是成仙成佛成圣贤！"

如此平实的心意，却也是"卓然独立"的爱的宣言。而在84岁弥留之际，梁实秋拼尽全身力气喊出的最后一句话是："清清，我对不起你，怕是不能陪你了！"

在爱里，我一直认为"对不起"三个字，最美。因为，那是包容，是胸怀，也是真意。

而梁实秋的"对不起"却是不舍，又是不弃。读着，一字一字，唇上起寒意。没有梁实秋的岁月里，对韩菁清而言，确实已"空山无人"，但她的爱却"水流花开"，不曾减少。

什么是爱的真谛？韩菁清在给梁实秋的一封回信中这样说：亲人，我不需要什么，我只要你在我的爱情中愉快而满足地生存许多年，我要你亲眼看到我的脸上慢慢地添了一条条的皱纹，我的牙一颗颗地慢慢地在摇，你仍然用初见我时一样好奇的目光虎视眈眈。

这样的心意，这样的你情我意，缱绻旖旎，是春山淡冶，秋山明净，是知惜，知交付。梁实秋在爱中，才觉得成仙成佛成圣贤，而韩菁清在滚滚红尘中，只愿他有生满足，愿为他添一条条皱纹，摇一颗颗牙齿。令人肃然，令人生羡。

他们在一起的 13 年，是 4000 多个春天。他们的相爱，犹如从一个个春天出发，从一首首诗出发，永远没有尽头。

而现世，关于什么是真爱，西班牙流行摇滚乐队"梵高的耳朵"的《rosas》中有一句，也许是最残酷却最好的答案：只有一开始啊，才是真爱，于是我开始怀疑，其他的一切不过是为了遗忘啊！

所以，我们相爱，只有一条路可走，永远只是开始，从每一天开始——我送一眉好水，你回一山烟岚；你视我稀世珍宝，我爱你无比珍贵。

寂静清芬

看古装戏，看玉盘美馔、锦衣华缎要比看朝代更迭世情冷暖更有趣，虽然这些都是道具。

我最想看的是古代的光线，特别是在林间或窗前的光线，缥缥缈缈。有人就在那一团光线里抚琴自弄，琴声被风吹薄，风又被光线照见，寂静的一团，像素净的一团花，透着微微清芬。

沈复在《浮生六记》里谈自己久居山寺的感受，对俗世那些劳生扰扰的人来说，确实如一帖"清凉散"。沈复乐此不疲，于其间，或浩歌长林，或孤啸幽谷，但他特别推崇夏日"日出而起"的快乐。林间日光，于此间山水中写着闲情赋，寂静而洒然。置身其间，才能"收水草清香之味"，得"莲方敛而未开，竹含露而犹滴"的清新之境。

我曾痴想用现世数年，换一日古时光阴，哪怕拿我青春中最好的时光来交换，我都心甘。那些光线，在清晨薄雾白露里，清

幽自静，安闲自在。再及午间，日光穿过小轩窗，"焚香垂幄，净展桃笙，睡足而起，神清气爽"。

还真是"优游闲岁月，潇洒度时光"！而这一心境所得，日光只是清风客，心才是自静自闲的主人。

人至老，才能有一种静而得芬芳的境界。犹如窗前养的一株花草，窗口微风微光，都是云气淋漓的赐予，而得一身自然真趣。仿若它开的不是花一朵，却是云烟点点、乔木森森的热闹气象。

表面上看，青春好似花事怒放，喧闹一时，跟不上荼蘼的步子，抵达不了韶华胜极。其实，青春更胜似山间风，满坡花，自有清幽佳期。

我不认为，一株花草的寂静，只在于岁寒尽处的超脱，而在于它心中有日月。我收藏过很多人的青春，比如有人劝一个小女孩，该放弃心中的痴迷，但她说，就是很心疼他，很心疼。如果有翅膀，我就带他走。想把他捎在耳朵上带走，去看我们的蓝天白云。

其实，她可能只是想带他去一片青草地，坐一坐，听听吹过发梢的风，看看遥远的山头，看那只属于他们的蓝天白云。这样的时光，因一个人而寂静；这样的时光，也许一生，只有一次，它是一场隐秘的花开。

一个出版社的朋友曾编辑过一本漫画书，讲的是一个 7 岁小孩的故事。我一直记得她因为这本书跟我说过的一句话，7 岁的惆怅也是成熟的。

就在几天前，一个喜欢我文章的读者，很诚恳地让我看两句话，一句是，"如果时间可以美丽经年"，一句是，"即将高二，我在十七岁里面"。这两句话出自一个女孩在网上发的帖子，前者是标题，后者是全部内容。

那一刻，我被深深地打动了。时间并非是老者才会关注的一挂钟，嘀嗒嘀嗒地把一分一秒数给他。时间于青春而言，何尝不是一份惆怅的美丽。

繁复的岁月里，她能在哪里？她只能在自己的"十七岁"里，或开成一朵寂静自赏的花，或留下一缕清芬美好给回忆。

于今日的我而言，青春的往事，还有多少心境可以去拾翠寻芳，但活到某一时分，逢时遇景，我仍愿心有日月，寂静清芬。

寂静，是我们的青春与人生行走间偶遇的空山幽谷，是静气自处的心境；清芬，则是空谷幽兰，清香自持。这样的心境与美意，是自己流转的风光。

越来越觉得，生命的传奇，绝不是夏日的催红绽绿，而是土盆里冷清清一株花草，日复一日地被修剪枯瘦枝叶。这样一株花草，养在身边，犹如养着自己的青春与时光，开不开花，它都是一场缓慢的、寂静的、温暖的絮叨，即使瘦尽，也是明净如妆。

我们的青春也好，我们剩下的岁月也罢，若曾有过某一刻，或某一段的人生，确实静如一团花影，在日光中，自性美好地开一团清芬，不就是好时光吗？

如此，到老年华，半生光阴，回头一望，虽恍觉云影天光，岁月几般般，但有午后一窗花影，清渺寂寂，远山一林风语，树叶沙沙，让人在半页古书里，眉生细香，寂静清芬。

念起你的旧

深秋去小山时，曾在坡上，遇一小丛不知名的野花，黄而淡。风一吹，花频频低眉，似乎在与世说一些话，又似相顾无言。一定不是不言，是一切尽在相知，亦在相惜。

突然觉得，确实一弹指六十刹那，这一时，不顾寒意，花自开放，黄而淡，淡淡的容色，其实是旧下去的感觉。原来，一切都在旧，旧下去，又旧又伤又美好。

越来越怀念一些旧光阴。

骑单车追落日拍照的时光，音乐若有若无在房间里游走的夜晚，背起包坐绿皮车没有目的地的旅途……

时至今日，绿皮车大概已开到无边无际无涯，开到天荒地老天塌地陷，所以再也回不来了。

那些想你的路，因为可以直达你的世界，变得绵绵如丝，让我可以那么柔软缠绵地抵达你。

抵达的是旧人旧事旧光阴，是回不来的往事，但旧念一动，你已在脑海，死生契阔。

犹如我多年前见过一位近百岁老人收藏的旧针线盒，糊了一层旧而泛黄的报纸，可里面的旧物，却只是一缕红线，还没有旧到底。

六十年孤老终身，为的只是等那个他回来，带她回到过去。她喜欢的新衣已缝好，针已用秃，线已用完。剩下一缕怎么也不舍得扔掉，一直收藏着。

从此，直到睡思昏沉，犹有一念，是关于那个他，关于他所有的好时光。

有关收藏，有人说过一句很有禅意的话：收藏一所房子，就是收藏一座城市。

那么，收藏一阵风，一场雨水，一本毛边的书，一个咖啡杯，甚至杯上的一个唇印，收藏一个人，一段老江湖，全是念着旧，念着一个人相伴旧下去的感情。

我常去山上发发呆，想象整座山，古寺佛音，清寂渺渺。某一时，突然就明了《浮生六记》里所说的"献佛以诗，餐僧以画"的孤清之意。

　　人所需，到最后是至简朴，至清静。所以沈三白才懂"画性宜静，诗性宜孤"的清凉境界。而旧念就是那低眉的花，无他求，迎风不语。它美就美在这份孤清自怜，又不失一派清幽美意。

　　一笔一画地写一个"旧"，才发觉，旧，是枯瘦"一日"。

　　穿过红尘，大概能记起的，也许就是这样曾拥有的某一日，素净，旷达，让人生欢喜心。这一日，被翻过的光阴，流水一样，绕山越石而去，也从指尖而过，冷冽，清泠泠。

　　但我相信，你在想念的路上，翻山越岭，终能得一见。见的也许再也不是年轻的容颜——旧了的，到最后都会模糊一片，见的也许就是一条一起走过的街，一起翻过的一本书，一起喜欢的一场电影，或者街边一起坐过的一张椅子，甚至还可以是你们约好却从没去爬过的一座山，没看过的一草一木。

　　终于明白，即使不曾再见，但有一念，越旧越美好，越旧越稀世；即使旧到你的世界无颜色，那个人，一念起，山色空濛水潋滟。

至此，见一座山，其实是见一个懂你的人；见山上的一草一木，其实是见内心最芬芳的自己。

那么一个人走走吧，走在尘世里，也走在你与那个人的大好河山里。你终会了悟，风过山林，是某个旧人捎来的传奇，隔山隔水，仍鱼雁尺素，一个字，一串长风，尽是喜悦相伴；雨打尘埃，是某段旧事讲述的金风雨露，不相逢，却自顾低下去，素花静香，一念起，一慈悲。

念你的旧，遇到那段光阴里的自己，还是那么热烈那么热闹地爱着你，多好，多好。

我们的旅途，最美的不是一程山一程水的洒洒情怀；最美的是沧海桑田之后，念起你的旧，恰恰你在，我也在，最美好的一份懂得，也在。

愿为你一路披雪

去年，一位好友曾邀请我参加他们诗人圈里的一个沙龙，时间是"深夜的初雪"，地点是近郊某山。

本不打算去，但朋友留言说，当某天深夜，你的目光突然与窗外路灯下曼舞的雪花相逢时，也许你心一动，和我一样，虽然再也穿不起一身白衣，但可以一路披雪，赴一场青春的约。

那一刻，我的心哗啦啦起风了，一阵一阵凉。穿不起白衣，穿不起的是清冽冽的少年时光啊，是寂寞着也美好着的少年情怀啊！

而岁月渐深，竟还有一路披雪赴约的惊喜，已然是至美的恩赐了。

我忙打电话问朋友要是初雪下在白天，又是零星一点点呢？他答，那就再错过一场青春。我一听，心又一凉。

突然想起多年前看过陈蔚文说过的一句话：一个人的一生

中，能把白衣穿得好看的时光是非常短暂的，不过一阵雪的工夫。

仿佛就是一场秋风起，忽然开始感叹岁月薄凉。从此后，人生一朝白露，一夜霜降，关汉冷落，残照当楼，一下子就走到人生的秋深处。

某个秋夜，你久久地坐在窗前，窗外"夜深篱落一灯明"，孤幽清冽的意境有了，但总是荒凉的。再望夜里远山，如孤老一生的空白宣纸，仿佛有画不尽的长亭，写不尽的浣衣月色。

你那样坐着，看着，如看着自己的往事，就差瘦墨幽岑，指尖飘雪，画一页怀想，落一夜清白，远远映着眼前灯火。那些旧时光里的人与事，变得清澈净美。此时再回首，念一句"小轩窗，正梳妆"，念的是一句相逢无期的伤。把一个秋夜读到深处，把一段往事念到发白，才明白"两鬓可怜青，只为相思老"。

往事一张画，少年美如一阵雪。

我有一个好友，年岁渐长，开始穿各种艳丽服饰，除了白色。即使在文章中，她也绝口不提对白色的爱。

只是偶尔，一年中有一次两次，她在镜前将衣橱里珍爱的白裙妥帖穿上。那时看她，一身薄薄的白，与嘴角万般千种柔情，如此相怜相惜。

她说，我只是在用一个女子的真心和最笨拙的方法，想将青春一留再留，留到不能再留。而倘若有一天，我不幸先于爱人离去，希望他在怀念我的时候，能想起我白衣胜雪的模样，即使他老态龙钟，心中的我还依然是"宛如初见"。

去年深夜的初雪之约，最终还是错过了。雪下在清晨，很薄，听说像有人撕的碎纸屑，风一吹，就没了，看不见了。

又一次错过青春！

那场雪，因为眷恋，因为念念不忘，最终落在两鬓，落成白花花的旧时光。再也没有那样一件白衬衫，再也没有那样一个干净的人，再也没有那样一场白衣胜雪的青春。

也许正是因为知道，人生初雪的美，知道白衣已旧，所以陈蔚文才会在一篇文章中写下这样的初衷：我们将用生命的最后一缕体温相爱，用没牙的牙床，用皲如树皮的手，用两颗白发苍苍的脑袋，相爱。

我们再也穿不起白衣，但我们都会有一颗白发苍苍的脑袋，我愿拿它来一场可爱的相爱，与草木，与清风明月，与美好人间，也与一个人，相爱到散场。

我要感谢那位诗人朋友，他让我知道，最好的青春，一直在路上，穿不起白衣，却可以为你一路披雪。就让往事的树上，飘着我们的白衬衫，白得照眼，美得难言说。

一阵雪，那么净，那么白，它一定是从少年的一首诗里出发，一路经过花香，经过明月，经过灯火，最终悄悄于一个夜晚，抵达你的窗前。那是一颗初心的邀约，为一人，为一段美好的路，披一身雪，何尝不是一首最动人的诗。

节气到小雪，你看天，往事的雁阵，逐字逐句地回家了。世间万象，事事如昨。但我会时常忆起，去年盼着在初雪时，与一场青春相遇的故事。盼着，渴盼着的，都被节令翻过一页。那一页，盼着与你相遇，我正白衣胜雪。

而今，未曾一日不念，恨不得十指飘雪，飘满青春，多年后可用来织成洁白的布，裁一件白衣。即使穿不起，但愿为你一路披雪，只为与你，在初雪时相见。

为你开一朵纳兰花

最近偶然读到《南方人物周刊》曾刊发的有关民国最后一位才女张充和的采访文章，照片上的她，虽是近百岁老人，但依稀可见眉目间一份清丽温婉。不由得想起爱了她60年的卞之琳，和他生命中最后的相逢。

20世纪80年代中期，张充和回到北京客串演出昆曲《游园惊梦》，坐在观众席，已经是耄耋之年的卞之琳依然痴痴地凝望台上风韵依然的心上人。之后，再没见过面……

如果时光能停留，我相信卞之琳一定不会奢求回到初相遇，只希望停留在那一刻，任尘满面，鬓如霜，一双眼里，她依旧美如当年。

爱到岁暮晚景，有些相逢，只是一个人的山河了，是"青山不墨千年画，流水无弦万古琴"。

李敖对于"相逢"有惊人语：相逢只是萍水、只是断萍、只是流水、只是一次、没有下一次。离别就是永别，生别就是死别。让她眼中的背影依稀，你眼中的不再。

也许大半生浮浮沉沉，见惯了生离死别，所以，他才说得那么冷寂，凄厉，不带喘息，读来感觉风霜刀剑劈将而来，让你了却尘缘，果断，不回头，别带一丝迟疑，绝了念，死了心。

年岁渐长，越来越喜欢一些带"不"字的词，不语，不遇，不喜，不悲。所以，特别能理解李敖这一番言语，带着情何以堪的无奈与决绝。

朋友曾搞了个小话剧，让我帮忙修改剧本。讲两个人在春天初相遇，然后在十年后的冬天再相逢。相逢时需要一幕诗意而含蓄的戏份，我加了一段：

他们一同来到茶馆，男人脱掉大衣，只穿了一件薄薄的衬衣。女人问："你从春天来？"男人答道："是的。"她问的是那个春天，他答的也正是那个春天。

他从十年前的春天赶来，这样的相逢，宛如初见，依旧清澈，依旧美。所以最后和朋友商量，将话剧名字定为《纳兰花》。世有纳兰，写人生若只如初见，也必定有一种花，叫纳兰花，相逢而开，开而清喜。

一直以为清欢是最含蓄的好时光。一个人种花，行走，写字，与你永不相逢。

然后总有一缕花香让我想起你，总有一个字是关于你的，总有一个街口能看到你熟悉的身影。如果有一天，如我期望的——在某商场旋转门里，我们迎面撞上，有一秒的凝视、停顿，然后彼此相视一笑，接着跟随着旋转门的转动，我们转过彼此，继续各自的生活——就很好了。

直到最好的朋友离开这个世界，几年的时间里，我竟开始盼能有一场相逢，给她写下文字，却无处可寄：

一个人于一团和气的黄昏里走过，那个时候，清风相和，花树温婉，街景是一派赏心悦目的团圆喜气。曾经那些华丽的光阴，因一个人走过，朴素清洁。而如今，于其间踱蹀穿行，盼与你说上几句，万千重山的惦念，未开口语凝噎。就盼望，你在街角出现，哪怕只是停一秒，与我对视，甚至可以，相顾无言。如今，你只是一叶昙花骨。在我孤僻的词语里，与你相顾无言的刹那，都是一段盛开的好时光。

再种花，开或不开，总时不时与她说话；再行走，遇或不遇，总时不时停下来感受风感受日光；再写字，念或不念，总时不时会心一笑。是的，越来越珍惜另一种相逢，就像在老宅子旁捡到一盏马灯，打油上色，让它照亮老掉的诗句；于空旷处遇到两棵树，静坐山光，看一半往事入斜阳。

那天午后，经过街边钟表店，耳边突然传来一句歌声："我见过千万人，像你的发，像你的眼，却都不是你的脸。"我禁不住停了下来，那一刻，在心里，静静地开出一朵纳兰花。

世有纳兰花，相逢而开，开而清喜。从此，窗外阳光柔和，内心晴朗，我们虽然不知道何时何地再相逢，但我们却要感谢，这一场盛大的爱，或浩大的劫，都因为一个人，而经历，哪怕再辗转千年，孤独千年。某个午后，目光柔和，眯起眼睛，想象爱情，想念你，竟然有那么多美好一下子扑面而来。

惹凉书签

那个夏天去无染寺，曾在一棵梧桐树上看到一个字，很有气韵很漂亮的小楷刻上去的，一个女孩的名字。

那么幽僻的山林里，桐花正开着。往事，在这里，在一棵树的年轮上，慢慢地，静了。就这样静在深山，静在一棵开满桐花的树上，静到老，已很美了。

年少时，在一棵树上刻一个女孩的名字，多是失去后的铭记，因而会刻到心一刀刀疼，一笔笔凉。年长时，也许只是喜欢看树，树不动，人也不动，就那样看看。已然是，"桐花半亩，静锁一庭愁雨"。

那一刻，我就静静站在树前。我混浊的眼睛里刮起风，凉飕飕的，带我回到那些尘封的往事中去，一眼清凉，让人浑身清澈。仿佛我不是一个人来，我是带着往事，往事中的人，一起来。

去送垃圾的时候，多在傍晚。喜欢穿薄衫，套着薄外套，雪正好纷纷落。

在路灯下看一场雪，惹点凉意，才能看得清那纷纷扬扬的寂寞——落在额头，是光阴的故事；跌进颈间，是岁月的信笺。

仿佛这雪，是棉开的花，要织的衣；又是素手针线，密密缝缝，落下白花花的旧时光。一思一凉，凉在心头。往事纷纷，人影绰绰，屏息凝神间，好似那凉，是某段路，某个街口，某个一闪而过的背影，一霎老在你眼里。

有这样一个人影，在多年后，在雪落的黄昏，给你惹上一点凉意，竟然，那么美！

又寂寞又美好的一段路，原来，不是我一个人去看风景，一个人看电影，一个人去旋转门转啊转，而是这一段，去送生活垃圾的路。

这一路，也许，唯一，唯一的诗意，就是我穿了一件很薄很薄的衣，爱上凉，爱上一场风寒。

竟然开始慢慢喜欢上一些凉的东西。往事是凉的，凉得像一枚书签，静静地夹在你没有读完的书中；时光是凉的，凉得像书签上你随手记录的一句心情。

烟花凉，是因为烟花美，美过瞬即便成灰；绸缎凉，是因为年华美，美过转眼成旧人。往事也好，容颜也罢，因为有过美，所以消逝时才会心生凉意——终归是"韶华将尽，三分流水二分尘"。

但因为一分凉，会格外懂得曾经的十分美，更深地明了当下拥有的百分珍贵。

我曾痴迷收集那些小众歌手的碟片，不华丽，但有个性，都有凉的质感。因为不盲从，因为无所适从，所以，才小众，仿佛一场相逢的独角戏，没人赴约，照样唱。就如《夕阳西下》里反反复复唱那一句：夕阳西下，仍在寻找恋人，很久很久……唱得人心凉如秋水。

那些小众歌手，往往没有名气，不被传诵，不引人注目，但是她们却用全部的心血，唱满了一整张碟。

现在想想，那时对她们的痴迷，也许就是因为她们能让我感觉到自己，感觉到寂寞，感觉到一种凉。而这种凉，奇崛，饱满，是青春的标签。

有人写张爱玲喜欢戏曲时提到，贪一点旧戏的活力，对着热闹喧嚣的舞台，怀念曾经的岁月静好，这是一种慰藉，用张爱玲的话来说，有一种凄凉的满足感。

是的，惹上点凉，一点点，不需寒枝拣尽，可能就是雪夜开一线窗，一缕寒，绕上脸颊，凉在额头，才倍感手心捂着的一杯茶，有暖融融的好。

就像——有一个少年曾问：骑着一辆帅气的单车，载着心爱的女孩，一路飞去，这是爱吗？我回他：是爱，你会一辈子爱着那辆单车。他一生中，或者至少在青春这本匆匆的书中，将永远有一页，夹着一枚单车书签。

就像——张茂渊一直收藏的一方淡红色的披霞，那是她与李开弟的定情物，一直珍藏身边。不一定日日披起，或者颜色已旧掉，但她人生的传奇大书中，永远会藏着一枚小小的披霞书签。

偶尔，偶尔触摸到这枚书签，凉凉的。轻轻一触碰，往事的那一页，已翻开。已然是不必看的，心中一凉，往事般般应。

凉，是一枚书签，隐在那一页。在我们繁杂宏大的叙事历史中，我怕找不到你那一句话，看不到你那一个侧影。惹上点凉，在互不相干的岁月里，我将是多么的奢华，一个人，一杯茶，一个黄昏，一场老电影……任岁月更迭，芳华迁徙，你在来路上来，我在去路上去。

雨露一眼，清风一念

那天中午赶一个老同学的约，急急赶去路口打车。拐一个弯时，忽地一团花色闯进我的眼里。因走得匆忙，只看了一眼。

深秋的阳光，在那时像某个古装电视剧里深宫午后的安宁，云很高很淡，偶有几瓣花香被不鸣的鸟衔在嘴里，轻声扑翅，从檐边飞过。

不知为什么，此后那颜色一直萦绕在目，念念于心。大概是因为不知它到底是什么颜色吧，似粉非粉，似红非红。但我知道，它既不是粉，也不是红。

粉在深秋，有些俗，脂气腻，不避人；而红在深秋，又有些太张扬。直到后来百般查证，才觉得它是妃色。

妃色，虽为淡红色，却气质有别。红过于富贵，即使淡若云霞，仍有几分明丽。妃，低人一等，但骨子里有矜贵，既是老宅门前桃花溪洗过的旧衫颜色，又是深宫锁住的一缕春愁。

因此，妃色便自有一分端庄与凝重，即便风雨满楼，仍衷肠不改；妃色，也是骨子里不轻易示人的风范，是软弱里透着的纤巧、坚洁。

自然界的颜色，落日耀金，层峦泛黛，花开成锦……因这一眼，这一念，便生欢喜心。再随处见草，草是风中传唱的连绵的歌声；偶遇花，花是诗人美好章节里跑出来的韵脚。

不知从什么时候开始喜欢盼。春节一过，开始盼树上新芽，盼花枝抽香，盼闲云挂窗。盼看一眼草绿，念一段春光好。

仿佛就在一转眼，面前水光潋滟；好似就是一起念，远处山色空濛。人一生的往事，也许就是那么一段水光，一生的风景就是那么一抹山色。走近看的人，只需一眼；遥遥望的人，只需一念。

一眼，需要的是眼界；一念，需要的是情怀。

我总觉得，花一看雨露的眼，一念清风的情，才突然一下子热闹地开上枝头。雨露一看花的美，清风一念花的香，这世界就有了诗。

诗很美，美在一眼"枝上花"，一念"花下人"。

对一个人，喜欢不喜欢，就是一眼的工夫；爱或不爱，就是一念之间。在爱里面，这一眼一念，所看所感的也许仅仅是一杯水，一声语，但其中却蕴含着辽阔的大美。

作家钱红丽曾提到一位女作家的婚姻，说她与他一起，幸福、充实、自由，内心充满祥和与安宁。钱红丽对这几个字有着别样的喜欢与别致的理解，说这几个字里有大世面，温柔敦厚，挈静知远。

幸福有时只是一眼，一瞬间的事；充实自由的生活，也不过是一念间，一回首的美好；而内心的祥和与安宁，也并非天长地久才能营造得出来，而是无数的一眼一念于平常岁月里开出的最美的花。

如此一眼看到的爱，是"大世面"，念起的自然是"温柔敦厚"的美好与幸福，从而得到"挈静知远"的大境界。

如果对你至爱的人，只能看一眼，你会看什么？只能有一念，你会念什么？

一眼，看他清晨长出的胡茬，看他刷牙时认真的神色，看他吃你做的早饭时的满足表情，一眼是十分好，是百般恩宠；或者怒火是一眼，怨恨是一眼，仇视是一眼，一眼是深渊，粉身碎骨。

一念，念他活得简单快乐，念他健康如意，念他此生无苦无难，一念是千万爱，是万千叮咛；或者委屈是一念，不甘是一念，纠缠是一念，一念成灾，万劫不复。

你与一个人的爱，其实，此生，仅仅就是这一眼一念的缘分。

而对那些你再也看不到的风景，再也不可能拥有的爱，需要的不是频频回首，需要的是你一个人静静相望，需要的仅仅是一眼一念的怜惜。

最后，有些路，有些风景，可能只适合你一人走来，停停看看。那路，是光阴的故事铺成的，能陪你一起走的人，已被时间带走；那景，是岁月的瘦墨绘成的，能陪你一起看的人，已随流年远去。

只剩下被时间凝固的身影，被流年洗白的往事，留在一张泛黄的信笺上，某个字词中，留在街头一个熟悉的面孔上，某句电影对白中——等你看一眼，等你念一句。

忽如远行客

一个朋友突然喜欢上了收藏，周末叫我去赏玩。去了才知，他的藏品根本不是稀奇物，而是儿时农家常见的泥罐，大的小的，圆的方的，缺边的，裂缝的，几乎全是破旧相。

朋友却得意，说为这些泥罐，他跑了一二百个村庄，并指给我看罐身："有山水！"朋友因知我喜欢山水草木，定能与他共鸣。

那些山水，几缕曲曲折折的线条即勾勒而成，起伏错落为山，平缓流畅为水。大同小异的构图，旁边落款"黄山""西湖"等，粗陋间，尽是潇洒野趣。

朋友扬扬自得："罐里有水，有云，把玩时，像我采来的一样了。"

记得曾在书上看到有关藏品的评论说，藏品的熏陶与烟云供养，会让人步入另一个境界，用形容柴窑的一句话来说就是，"千年火气隐，一片水光披"，透过眼前藏品，你仿佛看到自己的前世与今生。

我相信，属于我的那个泥罐，在黛瓦粉墙下盛过白雪雨水，在青石小巷里藏过桨声灯影，在山之巅听过风雨合鸣，在水之湄闻过泉石清响。如此，不管经历怎样的人生，我都如同走在好风好水的景色中。

楼下某处，一老者开辟一小园，从春到夏，一园花开得簇拥芬芳。喜欢这里，所以常轻手轻脚翻过绿栅栏，蹲在几株虞美人前。整个人，染着香，染着静。

恍然就感觉，阳光从唐朝山寺的钟声里起程，清风自宋朝卷帘人的指尖出发，如侣而来。

一株虞美人，半日浮生，白云千载。静于一处，更深地理解了那一句，"人生天地间，忽如远行客"。

是的，我一直做着旅行的梦。

或许只是为了一山的云水，一墙的花影，一朝古老平仄的巷，或许仅仅就是为了一个人，你打开一段旅途，犹如打开一本书。一段行程，琉璃瓦，青石巷，在一颗心上，叠满深深浅浅的印记。

再回首，点点滴滴，话长纸短，云散长空，只剩下水雾氤氲，遥天缥缈。

对于那些关于寂寞关于流离的旅途，我愿它如一本书，读过，缓缓合上。然后，在日月重叠间，每念起，便开满空谷幽兰，清风过处，韵远音清。最终，百转千回的行程，不管悲苦，不计得失，似乎就走到了人生的善地，走向清澈明亮。连寂寞，都是慈悲的。

旅行，是一个人隐密花开的小径，你与一处景，或一个人，多年不曾再见，却是最美的时光。

最美的时光一定是这样的：花一开满就是你，风一吹来又是你；想见你，忽如远行客。

以前住在海边，夏天一出门就看见沙滩边咖啡屋门口漂亮的太阳伞与椅子。曾写过，突然某一天，在这样一个安闲的地方看过去，我看到那些来不及浪费的青春和光阴，它坐在那里，白发苍苍。

从来，从来没有过去坐一坐，因为觉得那里不适合一个人。

直待一生赴了约，人又散去，新月如水，回首时再看，也许只是一个人的时候，才适合，走过去，静静，坐一坐，坐在往事里——相伴晚风，落日，黄昏；遥看飞鸥，远水，云走。

一生总有到不了的地方，爱不了的人。某一时，你在窗前看一株植物，或路边看到一个身影，你的心一下子柔软起来。这样的小心情，不正像是要去某个胜地看风景，一路上，你拾起落的花，看到依旧绿的叶，回想起一页诗，念起一个人，心比路远，永远不到达才最好。

忽然之间，你是他来去自由的远行客，不惊不扰，不悲不喜。因为你已走过他的路，住过他的城，走过他的心，爱过他的人。

我知道，人生最美的旅行，是走在通向另一颗心的路上。

走在这样的路上，世间在你心里，云白山青，川行石立，花迎鸟语。即使终有一天，你一人走在回途中，再看身后，江山如画，万境自闲，人心自闹。

从此，在夜下窗前小坐，看月色，或听一缕风，想这样的我，行走的旅途，不过是一室一心。但感觉一路，日光朗清，月色旖旎，有人相伴，有花同赏，有亭同坐，有风同语，已是至珍至爱的行路。再看月色千里，皎洁相照，而花影无数，一如我们千里来赴约。

寂静欢喜

有些人，有些爱，就像自然风景。

沈从文写给张兆和的情书说，我行过许多地方的桥，看过许多次数的云，喝过许多种类的酒，却只爱过一个正当最好年龄的人。

张兆和曾三番拒绝，沈从文就是爱，一味地爱。这样的爱对女人而言，无疑是最美的风景，若正好喜欢，这爱便近乎神圣了。

叶兆言的小说《一九三七年的爱情》里丁问渔对雨媛的爱也是这样的神圣，"他只想付出和表达，不在乎回报和结果，只要能爱就心满意足，只要能爱就万念俱灰"。

这样的风景是稀世的好，那种好，不但是对被爱的人来说，更是对付出的人来说。付出时心地明朗，无牵无挂，就像一首诗中的最后四个字，"寂静欢喜"。

张茂渊对李开弟的爱，也有着寂静的力量。

张爱玲曾在《姑姑语录》中提到张茂渊的一方淡红色的披霞，

那是姑姑与李开弟的定情物，姑姑一直珍藏身边。

在《姑姑语录》的最后，张爱玲写她叹了口气，说："看着这块披霞，使人觉得生命没有意义。"是的，太过细碎的时光，辗转半个世纪，日光清瘦的岁月，披霞能挡几许素寒薄意。

看过一个作者写这旷世情爱，说"时间已将无数事件浓缩成珠，保存下来，留给两个相爱的人，一起在黄昏里细数，哪些是云卷云舒下淡淡的喜悦，哪些是车马喧嚣声中思念的悠长，还有那些红尘往事与年轻过的容颜"。

看着心中描起锦缎画卷，仿佛前尘往事都被绣上花好月圆，明媚风光。大幅的山河美意，草木葱茏，涧溪清流，两个身影，掩隐花木中，春风和畅，秋水泛波，都不忍心呼吸，明月也不敢别枝，怕惊了雀，扰了这一卷亮丽的爱。

可是这一卷锦，到底是凉的。

人这一爱，唯一枝可依，可又无所依附，只有空荡荡的岁月，盼老的心都有了，到底是凉了又凉。可是张茂渊就这样在一幅画卷里，清悠自持，自成一景。

不甘有过的吧？心凉也有过的吧？空身50年，78岁成为他的新娘，这最后的风景，芳华暮春，能看的人也只有自己了。

面对一处赏心的风景，眼里春花烂漫，心里蝶舞蜂鸣，但于惊心动魄的那一刻，迎来的是一下刻的静默，继而会心一笑，满心满意。这样就很好。

人也是一处风景，大不同的是，太过于动心动肺，计较纠结，难有这样的自赏安静，所以浮躁袭来，针刺眼目，心生疮痍，继而风景不再。

我曾想写一篇艳丽的小说，"我"在她离开之后，守着窗台，养些花草，要半窗蔷薇，旖旎地开；四壁简朴，挂一件桃红色毛衣。

这一室，一人，风光无限，人物繁华；寂静时，与毛衣跳舞。

这故事之外，可能她曾有过深爱，她曾渴望与一个人穿过的毛衣过一辈子的冬天。即使不被深爱，"我"仍愿意，心融朗月，目濯空花，寂静欢喜。

水滴声远

世间最残酷的事，一是时间无岸，一是流年似水。

关于"时间"，徐怀谦先生有段文字说得孤旷绝世：在都市，时间是一条粗暴的河流，从你早上睁眼开始，它就伙同马达声、汽笛声、秧歌声等各种喧嚣将你绑架，把你裹挟成一棵稗草，一粒微尘，与泥沙俱下，匆匆流向傍晚和深夜。你看不清岸上的风景，更分不清自己身在何处。

什么是似水流年？"就如同一个人中了邪，躺在河底，眼看着潺潺的流水、粼粼波光、落叶、浮木、空酒瓶，一样样从身上流过去。"王小波一语，幽凄、寒寂，每回味，心里似有长河无端流过，裹挟荣耀、落拓、浮名、空往事。到最后，什么也没有剩下。所以，王小波又说："似水流年才是一个人的一切，其余的全是片刻的欢愉和不幸。"

时间和流年，其实是一个概念，只是一个在身体之外，一个在身体之内。对它们最惨烈的计量方法，不是额头皱纹的深浅，而是手心能握住多少。

人最爱怀想。十年前我写过这样的句子：

有时静静地，听时钟针嘀嗒嘀嗒地走，心里一条条旧街，是水滴声远的伶仃。我们都曾有过那样一条街，从一头到另一头，走过，却走不回来。

年轻时，觉得自己的人生是一场花开不败的演出，蜂蝶相拥，万人瞩目。到后来，才会一觉惊醒似的发觉，所有的经历都是台下的鼓噪，绝非掌声鲜花；所有的喜，都是来不及拉开帷幕的散场；所有的悲，都是你用尽最后力气谢幕时台下空无一人的寂静。回头看看，青春里曾经一场声势浩大的哭，都没有长过一夜。只为自己演出的戏，何曾投入过？

至老，走过一街的青石，一朝风露，再无回头路。剩下的时间是干涸的河床，剩下的流年是一滴水声，还在耳，忽而近，忽而远，终是一声近一声远。

张中行在《归》中写：我感到岑寂，也许盼什么人，今雨也来吗？但终于连轻轻的印地声也没有，于是岑寂生长，成为怅惘，再发展为凄凉。

终了尽处，未有言语。高天云路，晴雨不问。

你所拥有的一粒时间，凝成一滴水，滴落脚下台阶，洗不净面前一路尘，于是，流年是你看不见的一声远。

所以，有什么值得你极度过分执念。什么人什么事，会来敲一扇老门，或印一地水声。

山中何事，松花酿酒，春水煎茶。说得真好。与人安一世，与事安一心。本无始，也是无终。不过是一眼风雨，一纸山河。水滴声远，山河老透，你却是热闹明亮，跌宕自喜的一尾山溪。平平常常人，居室一角添一方山光水色，便尽是妖娆意；心室一隅升一轮皓月空明，便尽得枕石漱流，卧醒花影。

簌簌清香细

偶然读到一篇清代女子潘意珠写的信札《与武林某生》，短短66字，读来凌厉幽冷。

入春来殊冷冷。闻足下携冷襆，入南屏，望冷湖，吟冷诗，参豁公冷禅，亦忆及冷闺中人否？小窗冷梅破额，刻下烹冷泉，煨冷芋，期君早冷而来，说几句冷话。万勿以冷却之也。

满段的冷字频频，却如白鹭立雪，自有一番冷傲。只因相思遥遥，寒窗映雪，这守望里才尽是初春的料峭。守着一炷冷香，一帘冷风，一纸冷墨，即便窗外竹木云蓊，一卷桃花，迟迟不开，任你催花雨腻，递香风细，只因悬悬挂念，所以春日迟迟。

虽是冷，但内心却婆娑热烈，仅仅是因为对那个人有着不停歇的眷顾。

春日万物生，点点的闲红瘦绿，心里一朵素白白的花盏，簌簌清香细。再添几缕薄凉节气，便尽是好事蹉跎的惆怅，残灯挑尽，一夜凉梦惊觉。

可越是轻愁无凭，越是芳心萦结，犹如一团化不开的月色，堆砌成笺中字、琴上音。

这样的爱意，冷寂却意痴。除了徒增怨嗔，怪他迟迟不来，能留下的大概只是霜月鸡鸣又添愁。

确实难得这样动人心魄的幽思，更难得风定帘垂，心事叠叠重重，眉心自有一寸风姿；多的却是爱恨两途，抛梭岁月情缘织不得。

所以，看潘意珠的冷，看到的是孤寂但有清幽款款，是春寒里的清香，细细润来，簌簌而落，另一种繁华，牵牵绊绊，但不怨不哀。这何尝不是一种完美？

我对完美的看法，是带着凄厉的目光，犹如看着一缕墨的走笔，意断笔连，萦回有度，却就是不肯在最后一笔处苍劲地收束；也如看着一台戏，满眼的水袖，轻风环响，那咿咿呀呀的唱腔裁过云，剪过雨，能把人唱到梦里水乡。

但是现世的境遇往往是这样的：台上一场戏，演的人用情，看的人用心，怎么不过一眨眼的工夫，戏落了幕，看的人也无限荒凉起来，人生短不过一场戏。

有时，一天，一个蹙眉，一杯冷茶，感觉已把一生过完。

难得的，确实是簌簌清香细的一份阔寂心境。

所以不愿看着那些悲愤、绞缠、面目可憎的故事，成了人生的走笔，最末的一段戏。

即使痛，也是静如秋水，是月夜的桂花，在一尘俗世里，幽香自怜。

所以，总爱幻想，远去的朝代里，一个女子最深邃的寂寞，是窗前花开遍，雁声风处断，她依旧日日咿呀嗅红妆，面容盈盈一水，媚骨生绣，清香细身。

自然最终是寂寞的，但这寂寞，是要多年后，一个人走在一段山光水色里，才能遇到的一月明，一风清，那么美好；老了坐在古藤摇椅上，花甲旧人一个，听一雪落，一花声，便知岁月安好，笑颜如花。

第三辑　回我一折戏

在某个黄昏，耳边有风，不远处也许还有一棵开花的树，

我们坐落了晚霞，坐落了晚风，坐落了往事。

你的眉低着，我的心，也低低低成一行，

一行诗，一行微微微微的心跳。

往事转凉，风递细香

看以前拍的照片，远帆，飞鸥，落日，流光，一帧一帧的往事，都是些让人感觉忽然就会消失的东西。

就像前几天突然看到盆里茉莉，曾几次奄奄一息，却于黄昏薄薄的光里，开出素白的花来，瘦瘦的，令人怜惜，看时竟不敢呼吸，生怕吹落了它。

我禁不住想象，往事也是一朵薄而瘦的花，一瓣思量，一瓣柔肠，一瓣旧念，一瓣新愁。

这一路走来，多少人途经风景万千，却常常忽略身后，一瓣瓣往事，风吹它，雨打它，突然念起时，人生已转了季，寒枝花已凉。

我喜欢这样的人生：有时，我们走进一本书里，在某段话上凝神，或者走进黄昏，在夕阳晚照里静思，就如走进温柔的往事里。一路走来，迎面半山风雨，回程却半山水墨，终于走进如画往事，坐在一朵花里，坐成一纸素影，一行光阴，一笔静香。然后，被另一个人，温柔念起。

能被温柔念起的往事，像一首老歌，是贴肉长的，回忆的旋律一起，每一寸皮肤都开满音符。

这样的往事，不管时日日薄西山，时节转眼风凉，白露降，寒蝉鸣，却是越老越温暖，越老越惊艳。

很早以前听周传雄的《黄昏》，觉得忧伤的痛，忧伤的美，填满身体，才有找到自己的感觉。如今更喜欢罗文的《黄昏》，都是老歌，虽然也有时日渐远的落寞，但山谷中有灯火，仿佛温暖的往事，晚风中布满歌声，正适合我们走进黄昏……

走进黄昏，终于不需要多少言语，只看彼此眼神，慢慢，慢慢地走，走成缓风，走成静香，走成两行相依相偎的诗，走成很老很老的往事。

我知道，很多往事，渐行渐远渐生凉。念起一些人，一些事，当所有的痛，所有的伤，所有的不甘，都不敌手中一杯暖茶，嘴角一丝浅笑时，念起的一定是故事的美，人的好，爱的真。虽然往事转凉，但窗前晚风，传来老歌，有人轻轻唱，有人轻轻和。

看过一句话，说很多事犹如天气，慢慢热或者渐渐冷，等到惊悟，已过了一季。

往事是有节气的，曾经姹紫嫣红开遍，到最后西风落叶飘零。是的，有些往事，不知不觉间凋谢，回首惘然，让人无措，让人心寒。

辛弃疾说："把吴钩看了，栏杆拍遍，无人会，登临意"。明代陈洪绶的《痛饮读骚图》有句："痛饮浊酒，狂对《离骚》，把几案拍遍，玉壶击碎，无人会，此时意"。

我曾经用了很长时间来体会三个字：无人会。何等悲凉！每每回首，要拍遍案几栏杆，把玉壶击碎，寂寞得整个人都碎掉了。

去年绿鬓今年白，最怕聚散匆匆，往事无踪。记不得一起看的什么书，走的什么路，说的什么话。无人会，更无人诉说，到最后只剩下一个人，只剩下"天凉好个秋"。

我觉得，最美的往事，不一定是两个人在一起取暖，但一定是，秋风起时，让你明净如初，寒冬来时，有晴雪如诗，而你随便走在哪一段时光里，都感觉自己是个温暖的归客。

很喜欢张利烽先生的茶画系列，简单几笔，禅意芬芳。画里不同季节，景在变，花在开，但老者身上，单衣一件，身边花一瓶，茶一杯。仿佛时光不在画中，我每看，都觉得老者也不在画中，他分明在往事里。即使季节转凉，往事也转凉，但一杯两杯人生烟雨，一瓶两瓶眼前好花，往事与他，对坐对饮。

我是一个活在往事里的人，仿佛小半生，都在收藏着往事，一块石头，一棵草，一条青石巷，一缕烟……我知道，终有一天，我将一样一样地遗失，记不得，但仍愿山径摘花，竹窗留月，皎洁地走在往事里。

于是，我禁不住奢望，我就是画中人，一老者，布衣粗茶，花前树下，一坐，一生凄风苦雨，急管繁弦，都静在画中。任往事转凉，每念起，风递细香。

掌心捂热一杯时光

　　一年多未见也未联系的老友，突然给我留言说，什么时间聚一聚吧。简单的一句，感觉风停歇下来，人生的天气预报仿佛在播报，今晚有小雪白月光，适合静静念一个人，静静怀想一段纯和静美的好时光。

　　良久，回他一句：一直想聚未聚，时间却想走就走。感慨着，却也感激着，与一些人共有的时光，每一回想，仍如手中一杯暖茶，细细清香，淡而含蓄，绵而久远。

　　作家匡燮曾记录过他的一次经历。大雪停过山尽白，他与友人踏雪深山，遇见一草亭，上覆大雪，远望如石。深深浅浅地走过去，见亭中有炉，炉上有壶，噬噬冒白气，有道士二人，向火清聊，见人来，也不惊讶，淡淡一声：坐。

　　我在那"淡淡一声"里，沉迷良久。

　　或许，人生此行，最旖旎的时光莫过于，既能大雪漫山时，与友人向火清聊，又能凉月在窗时，一个人手握清茶听雪落。

　　仿佛时光是个说故事的人，讲一段情，两个人，相逢，或未相逢，惊喜，却不惊讶，淡淡往来，慢慢契合，最动人。

闲暇的时光，是一幅水墨画。一笔淡云，一笔远山，一笔草木，一笔溪流，静谧得人心一下子柔软起来。

多年前曾看过一个人闲时细心侍弄花草的近百张照片，他养得最多的是蓝雪花，盆里的，围栏上的，蓝一丛，一片，让人恍然觉得，再没有一个地方，值得人如此浪费美好的时光。

从盛夏到初秋，那些蓝雪花开得孤绝，凄婉，静寂，不争绿，不争红。开在盆里，薄瓣，翘首，安静，开出秀骨风情；爬满藤，仿佛一片缭绕的梦，一行低语的诗。

总有人在天凉时，夕阳里，眉含秋水地来，摘一枝佩戴胸前。配彼此，那些隐忍不语的时光，到如今，一直不张扬，不孤单，纤细，薄凉，含蓄，妩媚。

一直幻想上一所建在山间的学校，闲暇时光，和有情趣的可爱人，一起读古诗，画山水，学茶艺，练书法。清晨起床，开窗，叠被，洗漱，浇花，择菜，喝粥，迎接朝阳，眯着眼，静静听，有没有花开的声音；晚上月下喝茶，夏听虫叫，冬听雪落，时有清风翻书，看书上草木葳蕤，或落满白月光。

喜欢这样旖旎的闲时光，将一杯茶喝淡、喝空，仍捧在掌心，静静坐一角，溢满暖光阴，如诗如画。

曾在松林深处一张木桌上，看到一个纸杯，纯白色，在四周苍翠的绿里，它像一个孤独的诗人，装满路过的时光。

拥有一段孤独的时光，也许幽寂，但不忧伤，因为有另一个自己相伴。沈从文说："孤独一点，在你缺少一切的时节，你就会发现原来还有个你自己。"

孤独是一个人清清白白的时节，像秋的性格，明净、澄澈。立秋之日，凉风至；过一月，露凝而白。这时看往事，看人，心清凉，人寂静。每念你，一夕草木摇落，一朝秋阳正灿。

当人生如静秋，可悲可恨可泣的人与事都可抛却，这时节，宜雨宜晴。雨时，听雨打窗，打叶，打窗外小径，绵绵，软软，滴滴答答，淅淅沥沥，如同缓慢的诉说；晴时，阳光与落花相守，我和你，一杯茶与一杯茶，相依相饮，时间静在落花上，静在杯，静在唇间。只有在秋天，才能感觉，指尖滴落过一行诗，掌心捂热过一杯时光。

捂热一杯时光，然后在一段柔软的心事里，倚窗看花看月，看的是你；或翻开一页旧书，百千万种满心欢喜，只在某一行，某一个字上，就把你念了又念。

我与这世界的旖旎

去过一个非常美的山村，遇到一户庭院深锁的人家。院落门口，铺着高高的石阶，旁开一丛花。站在那里许久，看那青石阶，一阶阶，高高擎起一个小院落。主人虽然一直不在家，但石阶干净，花正开着，仿佛一落脚，就走进画中。

后来拍了照片，有网友惊叹那石阶，问全是人工铺成的吗？我回，可能是鸟衔来石，风堆了一阶，花香铺了一阶。你在一个黄昏，偶遇这样的山中人家，遇石阶旁，花在清风中开着，摇着，你也一定会相信，是风旖旎着花，花旖旎着石阶，石阶旖旎着老屋。

此时的你，静静地，就那样看着花，看着石阶，仿佛走进往事，走进画里，与这世界旖旎相依。

一个朋友曾说，她最大的心愿是老了开一家馄饨店，干净、优雅，每桌上都配一杯自酿的红葡萄酒。这样的混搭，不知为什么，听了心会醉。

我们都是为工作奔波的人，少有闲暇说上几句。有时傍晚，她会来一句，想吃什么？我回，馄饨。隔一段时间，我会故意提到馄饨，每次她都孩子般，饶有兴致。她说很久没练手了，我打趣说，你得把你第二职业的手艺练好，因为，将来，将来啊，我银发，夕阳西下，千里万里，把老骨头坐散架，也要坐车去光顾你的馄饨店。

为了一碗热气腾腾的馄饨，一杯温柔旖旎的红葡萄酒，我愿把一生老掉，等那一天。我们约好，她的小店开张，让阳光做第一个客人，带着春天的第一枝桃花来。

朋友说我是个诗人。我说不，我只是一个走在诗行里的人，为的只是，与这世界，与一份美好，与一个人，在某一行，某个字上，喜悦相逢。不需言语，只站在一起，同看眼前，一朵云，一树花，目光柔和，内心旖旎。

人内心的旖旎风光，一定是一些细小美好的事物。清晨洒进屋子里的光，或窗外一丝一缕风声，鸟鸣，夜里宁静的灯光，或一页书，那么相合，心神也得到安稳妥帖的照顾。沉静在内在的世界里，是最旖旎的事情。如此与一花一草，一人一事，气息相绕，温柔契合，美妙欢喜。

作家迟子建曾偶然看到阳光经过水晶杯投射到桌上的图案，她说，阳光偷了我书房一只水晶杯的心，在洁白桌布上，留下一幅彩虹图。这样的油画，无法进博物馆，但能进人的心灵。

我喜欢如此细腻的人，也始终相信，心细腻，则世界旖旎。所以每天走相同的那条街，都能看到不同的景。街边树绿了，黄了，沿路黛瓦白墙映着蓝天白云，脉脉相依，旖旎成画。

每到秋，会格外爱这条街，从这头走到那头，从那头走回这头。仿佛与自己相遇，仿佛与一个人久别重逢——我黛瓦白墙旧时光，你暖阳叶黄诗一行；我目光染蓝，你飘来云。

我与这世界的旖旎，或许就在于，我一直做着时间的旅人。即使舟车劳顿于行路，奔波劳碌于生活，也要在喘息的时间里旅行。沿途看一街树，寻一株野花，采一串绿的红的果，回到家，找干净瓶子，闲闲插瓶花。

午后，与一株朴素的花，一串小小的果，一个透明的瓶子，旖旎一段时光，会忽然念起一些美好往事，想起清水般的你，恍惚着，微笑着。总有这样一个人，每当你想起时，都会微微笑着，嘴角有甜蜜，不是阳光，就是时光的味道。

常感觉满足，哪怕一点小情趣，一次小欢喜，如夏时清风，冬时暖阳。一直很想做个温暖的诗人，写一行朝阳，写一行落霞，写一行花草，写一行月色，寄给珍惜的人。每天即使不得见，也时时能感觉到彼此眉间清风，心底照来的光。

希望自己，是你发呆时落在窗玻璃上的一滴雨，是你无意翻动书页跳进眼里的一个字，是清凉风，温暖光，是月白，花影，是你眉尖心上，绾风梳香时，静的念，细的语，是人杳杳，思依依，旖旎的一段好光阴。

时光被晒软的地方

深秋午后，整理旧书，随手翻开一九九二年的一本散文杂志，看到一句话：我是大自然的植物园里，随风摇曳的一株草，露来饮露霜来饮霜，阳光来了饮满身光明。

感觉眼睛一下子明媚清澈起来，整个人，仿佛披一身静谧的阳光。心底草木，花枝，清流水，风雨，白雪，飘来的云，一样一样温暖的时光与景，成诗成画。

孙犁先生在《书衣文录》里写过这样的句子："冬日透窗，光明在案。裁纸装书，甚适。"

好一个光明在案！

世事皆在窗外，心藏幽情，阳光来访，借一纸爱一书，细细做着自己喜欢的事，真是妙不可言。

阳光在案上抚书，抚书里的字，也渡书衣一层暖，人在此时劳作的手，也该布满阳光，心里有欢喜照应着。

小时老家常见老柿树，黑而坚实的干，高耸着。每到深秋，又入雪冬，时常看到枝头最顶上，挂着零星的柿子，或橙或红，不坠不烂。老人说，那是给鸟留的。

如今再看，一棵柿树，好似一个旅店，住着秋风，住着日月，住着鸟儿，住着第一场雪，住着一个旅人，和一身阳光。

柿树披一身阳光，开一身花，等一对鸟儿。一对鸟儿，一起旅行，从春风一站，到白雪，得一棵树同憩，一枚果同食，眼前没有姹紫嫣红，但心里喜悦同暖。

渐渐，到秋冬寂清时，越来越觉得，这样寂而清的季节，最美的是阳光。在窗前侍弄寻常花草，见叶仍绿，绿得像一句没有说出口的话，或出神间抬眼看到半开的书，恍惚间记不得上次读到哪一个字，此时正好有阳光，在身体上慢慢走过，如一朵花，开在眉毛里，开在鼻息间，开在手指上。

心里突然冒出一句"不辞冰雪为卿热"。原来，到最后，书未看完，花未开完，还好总有一些温暖，像阳光，在身体里，心脏上，走来走去。

每天指尖上都是阳光，花香，是一行一行写给你的诗。写在你的眉毛里，写在你鼻息间，写在你的手指上。

如果时光老了，宅子老了，我的眉毛老了，手指也老了，不再写字，念诗，我就慢慢做一些事，打开窗，让阳光进来，为一盆花培土洒水，抚摸旧书，扫扫尘。

有一天，你刚好来，见一屋子暖阳，旧物，新花枝，又刚好问起，屋子这样干净，是知道你要来吗？我若正在倒茶，水缓缓注入，散着淡香，手不会停下动作，寻寻常常地对你说，我的屋子，每天都有客人来。

——阳光。

很久很久以后，忽然会念起，很多很多年前的往事。到那时，若为这些往事，写一个结尾，就写一句：他在一片阳光里，对我微笑。

很喜欢朋友在博客里写过的一段话：时光被晒软的地方，就是心脏。决定，让你，只要一想我，便是快乐的。

柔和之味

一溪水，一缕草，一拳石，占了画布的左半边。画无题，亦无署名，看上去拙朴有趣。趣在水是软的，草是软的，石也是软的。

这是一个朋友的作品，他的画风，浑厚、雄逸，虽不善浓墨，但每一笔，都有气象。所以看到这一幅时，我一惊，怎么就能把石头都画得那么软呢？

他说那天在山间遇到这处石溪时，兴奋捉笔，但越画越喜欢那水的清，草的绿，石的憨，感觉眼前的水、草和石都那么柔软，心也跟着软了。后来放下画笔，在溪边玩了很久，最后索性不画了。

他是觉得每一缕经过的风，飘过的云，都是画彩，落在溪中，希望自己纯粹的喜欢、洁净的笑也是这一幅杰作里的一笔。

再看他画了一半的画，真能看到友人那柔和如春光的笑。

贾平凹在《佛事》里记叙过他与三毛的"相遇"。在三毛去世不久后，他见过一个从台湾来的客人，是三毛的朋友，他带着三毛的遗物来——

一顶太阳帽，一条红色发带，一件水手裙，一件棉织衫，一条棉织裤，还有一包三毛十多年来一直喜欢用的西班牙产的餐纸，一瓶在沙漠里用的护肤的香水，一包美国香烟……看着这些琐碎的生活日常品——从头到脚，穿的戴的用的，简直是一个"完整的三毛"——贾平凹不能言语。

三毛曾答应过贾平凹要来西安，那一时，面对着这些遗物，贾平凹如此笃信："三毛果然不失言，她真的在五月最后的日子来了！我虽然见到的不是她的真人，但以她的性格，和我的性格，这种心灵的交流，是最好的会见方式。"

这是一场多么慈悲的会见！于尘世里，某些心灵柔软相通，然后裹挟滚滚盟约而来，不可一世，又温情脉脉，带着无限柔和的美。

柔和的情感，一定是清澈的，像清的溪水，看一眼就让人内心无限柔软；一定是慈悲的，带有恩宠的美与力量。我由此喜欢上一切柔和的人与事。

作家匡燮曾在一篇文章里提到草原上看到的奇特的花，很小，红、白、紫三种颜色杂生着，由一根细茎擎出来，密密地挤在一起，簇成了一个漫漫的圆。有人问起这是什么花？后来得知它们是馒头花时，其中一人说，它们，也许是日和月，千轮万轮的日和月呢！这样的情怀，朴素，细腻；这样的情感，柔和，清美。

柔和，一定是一种内在的气质，自性清净，自爱从容；又一定是一种人生的气韵，低眉自在，妙契无言。

法国电影《天使的肌肤》里，安琪拉短暂的生命，透着柔和之美。那份美，不是来自她热烈爱着的人，不是来自她那一句坚定的有关爱的回答，而是来自她得不到爱但依旧娴静地种花，过着寂寞又美好的那段时光。

《诗经》云："瞻彼淇奥，绿竹猗猗。有匪君子，如切如磋，如琢如磨。"只有经历"切""磋""琢""磨"，才能成翩翩君子，温润如玉啊！如此说来，我们经历的所有的痛、苦难，甚至离别，都是为了让我们的内心变得更柔和，散发着玉的光泽啊！

眼柔和了，见一草一木，都是诗；耳朵柔和了，听树叶沙沙，与你说话；手柔和了，抚摸一本书，整个灵魂都是香味；心柔和了，便成了整个世界的豪宅。

找点闲，细心修剪花枝，光阴的案上留下零零碎碎的小美好。

总有那么一个地方，让人看了一眼，便生出和一个人老
在这里的愿。在这里，花开到老，却年年新红；瓦住到老，
却日日新月。

心上开窗的人，是这个尘世里最旖旎风景。他走在哪里，都有深情的目光照来。

记忆总会斑驳，光阴总会日复一日地旧下去，但还好，总有一个人，年年如新荷，亭亭净植。

依然竹马识君初

今年春天去烟台，在海关街看了一条条很旧很旧的巷子。20个世纪这里曾繁华一时，如今依旧保存着80%的老建筑。红瓦青砖间，仿佛可见当年簇锦团花；窄巷细弄里，却不难见昔日车马如画。

看到有的店铺依旧叫着"商行"的名字时，眼睛里一阵暖意。是不是，有些往事，有些人，一直在，从不曾离开。

每回首，最美的大概便是，你依旧在。在一条小巷深里，窗前，花下，研着墨，为一段往事落笔。腕间，满庭芳，窗前，淡黄柳。最是春好处，绿杨影里，小红亭畔，就在那里，不去寻你，你却出现在我眼里。

多年前写过一首诗，第一句是：我要拿一枝杏花，与你在春天的路上相认。

这句诗是突然从心里冒出来的，可为什么是杏花呢？我不知道。喜欢杏花，是因老家后院里有一棵老杏树，每年春，它都会早早地开一树花。或者还因为杏花两个字，读起来，舌尖惹着凉。

直到前年在一个山村里，我终于找到了答案。一个老人告诉我说，杏花早开，是开给急性子人看，急性子人，是早早来寻春的痴人。原来是为了相遇，杏花才早早地开在春的第一章里。

今年清明过后，特意去看杏花。杏花住在那个山村里。沿路林木疏落，春水孤清，石桥孤老。杏花于桥边，房前，一树树地开着。窄路，白墙，溪水，依旧与杏花年年相照。在一棵开满花的杏树下小坐，忽然就觉得：也许，你来时，翠袖半老；我去时，青衫半旧。但因曾同看一树杏花，你去时，流水涓涓；我来时，白云轻起。

如此，我们记得杏花的样子，就记住了彼此。

清代袁枚有诗句"细认双瞳点秋水，依然竹马识君初"，是为一个友人而写的，一个40多年的乡里故人、20年前的诗中知己。

依然竹马识君初，依然认得你，这一时该是多么喜悦。所以袁枚欣然赠诗，其中有一句写他前来相见时的心情，"扣门快比访奇书"，妙不可言。而那位友人，在袁枚的随园里赏芙蓉时，动情地"赋五古千言"，其中的感情，动人肺腑。

山水易寻，知心的人却不好找。可是，"云来山更佳，云去山如画"。知心的人若相遇，只一眼，一个瞬间，你知道，就是他，就是他。

荷风送香，竹露滴响，那些美好的相遇，从来不慌张。时间洗不去往事的清香，空间阻隔不了思念的清响。

那些一起走过的路，多年后竹马路过；那些一起看的花，多年后开在你眼里。

——依然竹马识君初。

从此，在你的眸子里，隔着多少时光惊雪，依旧有春天的第一枝花，第一片云；因为在你的眸子里，我曾一笔一笔，画好它们美丽的样子。

低低一低眉

我的生活很简单。走在一行行诗里，走在哪里，都能看到美；痴爱写作，愿最后能把自己写成月光，清风；平平常常的日子，依旧爬山，看花，睡在草木人间。

我一直认为，选择一种舒服的生活姿态，比选择一个人都重要。

有热心读者给我留言，说我写的文章，用了很多"低低"这个词，大概有近二十篇，专栏名字里有"低眉"，《你是瓷的白》最后一句里，有"低低一低眉"，简直把这个"低"字用到了极致。

是的，我最想拥有的生活姿态便是，低眉，敛静，自在。

有一次去深山，遇到半山坡的婆婆纳，开着蓝色的小花，第一次发现这朴素的植物，竟然那么好看。在一边，有三三两两的枯木，横七竖八，天长地久的模样。枯木周围，错落绿草小花，蝴蝶停在花上，如低敛静气的女子。

因为有野花开，你会觉得，整座山都是静的。山的静，是因为每一株草，每一朵花，都懂得低眉。

古木空山，幽眇静绝，所以听松子落，更深懂得静之美；草木葳蕤成诗，瘦尽便是秋水词，读一句杜甫的"美人娟娟隔秋水"，人一低眉，便落进画中。

提到"低眉"，很容易让人想到女子，这个词几乎也成了女子含蓄内敛的代名词。

古仕女画，寥寥几笔，成其美人风韵的，绝对是那低低一低眉的内敛、含羞。我国著名国画画家高马得先生曾以中国画形式描绘戏曲人物，他的笔墨简练洒脱，人物形象生动传神，皆掩面、低眉、作揖，美不可言，耐人寻味。

现代诗人徐志摩为一日本女子写过《沙扬娜拉十八首》，收入 1925 年 8 月版的《志摩的诗》。再版时，徐志摩删掉了前面 17 个小节，只剩下题献为"赠日本女郎"的最后一节，便是我们看到的这首玲珑之作了：最是那一低头的温柔，像一朵水莲花不胜凉风的娇羞。

徐志摩此举，真是绝妙！只写这一低眉一低头的温柔，只此一句，胜过千言，足够写尽那萍水相逢、执手相看的朦胧情意。

画家老树有一幅《扛花图》，配诗曰：待到春风吹起，我扛花去看你。确实画得好，写得也好。"扛花去看你"，沿着一路春，把美好送给一个人。送的人，是懂得低头看花的人；被送的人，也定是如花美好的人。

春天就是这样让人欢喜。春天来了，来了就开花，一开花，就想到你。什么也不想做，只想看树开花，只想你便开心。一个人，一辈子，能有这么一个春天，就够了。

面对春天，低低一低眉，看到的都是你。越是低头看花，心里越是热闹，恨不得，扛花去看你，又恨不得，带你去看遍桃红柳绿，姹紫嫣红，满心喜悦地把每一个春天约遍——待春风十里如画，我要扛你去看花！

懂得低眉的人，一定是能向内心走去的人，如花走向枝头，清风走向明月；愿意低眉的人，一定是眉目明媚的人，看几页书，能与时光对坐，或走在诗里，能与一个人清喜相遇。

我愿做一个低眉的人。清晨里，推窗、浇花、煮粥，对满屋子的花草和书微笑；夜深了，还在想办法，到月亮上去种花，这样，月光洒到你窗台，花也开满你窗台。

等时光老了，眼睛也老了，依然不忘低低一低眉。就在这一低眉里，花刚刚开，你正向我走来。到那时，在某个黄昏，耳边有风，不远处也许还有一棵开花的树，我们坐落了晚霞，坐落了晚风，坐落了往事。你的眉低着，我的心，也低低低成一行，一行诗，一行微微微微的心跳。

回我一折戏

来不及的事情太多。

还没去看城西边的丁香，紫藤就开了一挂挂，过一两天，街两旁的蔷薇，就爬得满藤都是。还没把一个黄昏，依偎成一行诗，只在一个街口，拐过一个弯，就遇到一场烟雨。来不及与你相见，在最美的季节里。但世间所有的花，都是静的念；所有的烟雨，都是细的语。

这是我一个人的折子戏。人生这幕大戏，我演不好全部，也许只有那么一折——是我可以倾了心，用了力的。

随后某日，在路上，竟捡到一枝丁香。枝杂乱，花色有些旧了，但看上去如此素，而且静。停下急匆匆的步子，坐在喧嚣的街头，看手中丁香一枝，发发呆，忘记赶路。

我知道，这是岁月回我的一折戏。

曾无意中看到一件刺绣作品：素布面，白线条，绣出一座房、一棵大树，树梢上，高高擎着的也是一座房。

第一眼，整个人不知身在何处。仿佛走进画里，看到房中女子，一针一线，把房子绣在枝头，只为了良人归来，第一眼就能看到。我想，为了等他，也许她是从绣一个玲珑的自己入手的，便提笔为她作诗：绣好小弯眉，绣好秋水眼，绣好桃腮杏脸，绣好柔荑十指，纤纤出袖，我在等你。

光阴都被念扯成了长丝线，绣啊绣，把自己，把那人，一点一点绣进春光里。光阴慢。光阴，就是这样子变慢的。

人生中能有美好的念，风雨不惊，花明玉净，就是一折最美的戏。

因为喜欢老屋的缘故，有好几位读者曾给我发过她们老家的照片。低墙，花枝，土灶，炊烟。每一座老屋，都是懂得低眉的隐士。这样的隐士，心有洞天，一如有人，垒瓦砾为灶，拾松枝为柴，化积雪为水，横原木为座，给人最淳朴的暖。

人生的戏，有着朴素的诗意。清代沈复最懂"布衣暖，菜饭饱"的可贵，能从日常里，一室内，看人间风景万千，所以他才能有"真成烟火神仙"之感慨与喜悦。我们身在俗世，但仍能爱着一树花，一条小径，一个黎明，这样的生活，是一折朴素温暖的戏，一折诗意曼妙的戏。

那么，在喧嚣之外，劳碌之余，去享受自己的一折戏吧——去享受一把柴生一堆火，一碗米，熬出清晨的粥水，几点油花，开出不一样的香，必不可少的点点盐，都是生活的真滋味。

我知道，春鸟鸣叫，花深天地，是我的一折戏；看山看水，看云看月，是我的一折戏；遇到你，想到你，念到你，仍是美好的你，更是我的一折戏。

我想，能无贪求、无幽怨地活着，能喜悦一件事，喜欢一个人，能把走过的路走成诗，能在窗前看书，能静静饮一杯茶，写几行欢喜的字，对于长长的一生来说，该是多么幸福。

但因为有太多的"来不及"，长的人生，便成了无趣的光阴。多希望，人生忽如寄，回我一折戏。

就一折，或做一个温暖的诗人，或做一个朴素的生活者，或每天就那么简单地对花对草温柔地笑。因为我知道，人生最美妙的时刻，就是脸上带着喜悦，带着善意，带着光明，带着希望，对着岁月的镜头，莞尔一笑。

然后把这美好的一帧纪念，寄给你，寄给往事——荷风菊露梅花雪，一折光阴一折戏。

许我疼痛又甜蜜

或许，我们都曾在某段时光里碎过，往事才有了伤口。

人一生行走，沿路绿的绿，红的红，正好风很清，适合回忆。世间有多少这样的景色，曾经姹紫嫣红开遍，如今风轻云淡走遍，不待回首，已是百年身。回程不管阴晴，不看风光。你是我的天气，而我已不再是你的风景。

碎了的，不但是心，还有那些光阴；伤了的，不但是人，还有那些往事。

我迷恋那些往事的伤口，因为它收留着我所有的痴念、眷顾、隐忍、不安、绞痛，让我在多少年后，目光变迟钝了，手指变僵硬了，却依旧可以在一朵花上温柔地看见你，在一本书里温柔地摸到你——疼痛又甜蜜。

对伤口有着执念的人，才能深深体会，爱情有时就是一种伤，甚至都还没来得及轻轻地一个碰触，便惊涛骇浪般，让你轰轰然悸动。爱的真与假，只有身体知道，只有伤口知道。

大喊大叫要死要活的伤口，在我看来，不过是一个人怨愤的叫嚣、不满的发泄口。我喜欢这样的伤口：隐隐作痛，回味起来却又甜美如蜜，因为它是往事的入口。

我珍惜着那些有伤口的往事。人生总有找不回的人，寻不回的回忆。我相信，世间总有一个人如我，活在回忆里；世间也总有一份回忆是你，活在我的生命里。

对一些人而言，一生有一份回忆，足够，余下光阴，看花，看流水，"时有落花至，远随流水香"。仿佛一生与你的印记，紫燕黄蝶，白石绿柳，碧水青烟，到最后都留了白——一道伤，越发让我变得圆满。以后的岁月，闲云在窗外，月朗朗照人，伴我寂静，如窗外一颗饱满深眠的露珠。

夏济安在1946年5月11日离开昆明的夜里，把自己珍藏的英语原版小说九部及一信托人交给她曾深深爱恋的R.E.女生。信中，夏济安写道：夜深了，外面在刮风，似乎还在下雨，窗外黑漆漆的。再有四个钟头，我要离开靛花巷，一个人摸索到航空公司去。再有六个钟头，我就要离开昆明。后会有期，愿各自珍重，并颂晚安。

没有悲戚，没有忧伤，一寸一寸离开的，却是伤心之地，更是留恋之地。即使百千言语，却只道珍重，并祝晚安。这样的夜晚，那条靛花巷，对夏济安来说，是一个疼痛却又甜蜜的伤口。我知道，有人从这样的伤口离开，却经年，从这里返回往事，追忆年华。

汪曾祺在《人间草木》中说：逝去的从容逝去，重温的依然重温，在沧桑的枝叶间，折取一朵明媚，簪进岁月肌里，许它疼痛又甜蜜……

多么从容，多么自足。我也终于明白，为什么我能一次一次地，从一道伤口，走进往事。

如今对伤口，更多的只是一种容纳，容纳疼痛，容纳甜蜜。不再计较有没有人懂，有没有人仍然如我一般怜惜着过往。仿佛我是一场风，东西南北地吹过，然后终于得一日，坐在一边，才能看到"池花对影落"的美，不在意，不悲凉，慢慢老，静静爱——老一页时光，爱一页诗；老一道伤口，爱一段往事。

就容往事留着一道伤口，许我疼痛又甜蜜。

美到愁人

季节是愁人的。

每年一到春，我就想为春天写一首诗。或笔墨婉转，或字句饱满，有时甚至带着强势，全是因为爱着啊。

三月的桃花若不开，我必将烧毁所有的诗词。若没有一句从心头出发的诗句，必经你的窗口，我将折断所有来路。若没有一条路，能走近你窗前开着的桃花，我必将把每一个春天，种满我的眼睛，我的眉毛，我的手指……长出你的样子。

到五月的时候，已是满目的美。五月裕衣，该穿一身白，在半墙蔷薇前，满坡野花里，就那么一站。或粉，或黄，或红，宛若明霞相映，那白就染着仙气。是剪三月的水为衣，描四月的花色为容，是五月安排的最美的一卷花事。白衣一身，临风飘举，折一枝蔷花，带回素朴生活中去。般般入画，楚楚怜人，满心欢喜，若绢若锦，迎六月莲灿。

再及九十月，整个天空仿佛是有人手染的蓝布，绣满白的云，清的风。那风从泉边起，把秋水吹皱，吹瘦，吹成一首词，被痴情的人题满画布。

你的名字，也是愁人的。

与你荷池前听雨打荷，相思也在滴答声中；与你书册间眷顾一首词，相思就在某个韵脚里；与你岁月里凝望，相思便在你的名字上。

宋代张炎的《解连环·孤雁》有句："不成书，只寄得、相思一点。"多少年后，与你无信，但仍会写下你的名字，署上某年某月某日。你的名字，是相思一点，一点点。

一直记得十多年前一个痴情人的心愿，他说："我在想，如果时间真的可以停止，请停止在这样的时刻：你微微地闭上眼睛，我俯在你的耳边，轻轻地告诉你，我爱你。这一生中，最美莫过于遇见了你，思念终于有了名字——桢！"

从此便也一直记得，世间有个女孩，她的名字叫桢。被一个人牵肠挂肚的名字，总是美的。美得有些愁人。我相信，即使多年后，这个名字依旧是他的春天，年年开满百花，是他的一个地址，通向往事。正如我在给一个朋友写的书评最后所言：一直，在梦里，轻念你的名字，那是我，寂静的地址。

因此，我也有一个愿望：我会一直美好地写着，将来老了写不动了，写不成一篇文了，但可以写一段；一段也写不了，就写一个词；一个词也写不了，就写一个字，你的名字。

美丽总是愁人的。沈从文说这句话，是因为他欢喜辰州那个河滩。他说："我或者很快乐，却用的是发愁字样。但事实上每每见到这种光景，我总默默地注视许久。"

一本书，雅的封面，两个娟秀的小字，就像两个人站在封面上，简单得让人欢喜；一朵花，白有白的净，粉有粉的纯，似乎是拿出它整个的春天与你相见……一首歌，一个素净的杯子，两个人牵手的黄昏，甚至一个词，是的，那些美，就那么简单，简简单单地穿透你的生命似的，看着听着念着，真的是美得愁人的。

我愿我的生命里，飘着这样的一些愁，为了一种美而缱绻，甚至带着忧伤，被一双深情的眼睛来怀念，被一双温柔的手来抚摸。

晏宁

人活着活着，就活出了另外一个名字。

若你凌寒独自开，梅花就是你的名字；若你于尘世亭亭净植，荷花就是你的名字；若你心中有云有花影婆娑，清风就是你的名字；若你乐于松月下花鸟间，幽人就是你的名字。

所以，我相信，我用短短的青春和长长的岁月喜欢过的一个词，晏宁，就是一个人的名字。

"晏"字一直喜欢了很多年，是我的"初恋"。最初见时，还是在高中，赋不得新词，却一心旧愁似的，这个字，第一眼就让我有温柔而美好的感觉。当年看到这个字，也不懂意思，便想一日一安，用时下流行的话说那就是"岁月静好"。

写作之初，一写到女孩的笑，总是用这个词：言笑晏晏。似乎所有的语言，都不及这一个词的好。"晏"为"迟、晚"意，"晏晏"在一起，意思却是"温柔、和悦"，曾让我一直不解。后来终于想到了一个令自己满意的答案：话语是迟迟的，笑容是迟迟的，你只问一句，她把娇羞回你，再说出的话，给你的笑容，都是花初绽的美好。

很多年里，若写最美的笑，我的词语是贫乏的，我只有"言笑晏晏"这一个词。固执，钟爱，让自己感到踏实、安稳。

因为，它是我的美。是我少年时代眷恋的一个"女孩"，虽然她迟迟不向我走来，但我知道她会微笑待我。

"宁"字，像一个人举一把伞，又像一个人坐在小窗前。"宁"字读起来，像唤着一个人，唇轻轻一启，小小的音便从舌尖抵达牙齿，又途经唇间，不惊扰，却深情得很。

如此，一个人经历怎样的风雨，都能在一柄伞下，静静等待一个人，或年久日深里，有一扇窗口，思念挂帘，笃定而美好。

等经历了百转千回，人最需要的便是一颗宁静的心。

这个字，像个智者。他懂得，宁可不争，宁肯退避，也不会为蜗角虚名、蝇头微利而辗转不安；宁愿与人有所失，也不愿于一颗心上坐卧不宁。

"宁"字，是我深交多年的朋友。他懂得自持自足自宁静。

如此，叫晏宁的人，该是怎样的月白风清呢？若是女子，即使不饰粉妆，仍是素净的可人儿，双瞳剪水，眉淡生烟；若是男人，该有朴素而温暖的笑，眉目朗润，与人为善，举手投足，都是那样的温雅。

叫晏宁的人，好像生活在书中，是久别故友。遇到这样的人，自然像遇到一本好书，总有相见恨晚之感。

隔一段时间就会去挑一些书。挑书就是交友，对脾气，对心境，就像古人临泉对琴，临窗对月，倾心交集，洒然超脱。挑书时慢，翻书时也慢。夏日午后，风透着清爽，一个词上流过清泉，一个词上琴奏高山；夜半桌前，灯映着书页，一个词上云开幽窗，一个词上风送月色。

所以，遇见晏宁，会很慢，但会相惜很久，让人踏实。

所以，我是如此坚信，叫晏宁的人，一定是内心安稳且安静的人，一定是走在诗里的人。既能白屋炊香饭，又能洗手摘藤花。这样的人，眼里蓄着清水，内心开着莲花，自在圆足，自养清凉。

《诗经》是一枚月亮

《诗经》是少女时代穿白纱的月亮。

淡雅的一点点白光，甚至透着丝丝清冷，亦是让人感到妥帖的，她穿过窗口，轻轻弹拨少女花朵般的心事。

而这心事，是花间一壶酒，好好地密封着，待他日那个人来醉一回。

这个年纪对情感的刻骨铭心，是水上写字。最终是不是都付流水，却也是可以不顾及的，要的就是一开始的端庄。

这种对情感的承担，就如这一句"青青子衿，悠悠我心"。因为心无他念，只有痴念。这一念，花就开了，也许开得过早，却因热烈而惹人疼怜，因素洁而让人宽慰。

在经历少女时代情感的阵痛抑或长痛之后，少女开始唤自己是女子，《诗经》便是女子用月亮做成的镜子。

揽镜自顾，照得见"蒹葭苍苍"，已不再有热烈的向往与奋不顾身，只愿"在水一方"。

她经历岁月的磨砺，经历痛苦的坚守，心是朴素的信笺，等待一个稀世的男子来发现她的美、她的好，满腔欢喜诉尽衷肠，并抱着最后一线希望，那个男子要的是爱情——"他只想付出和表达，不在乎回报和结果，只要能爱就心满意足，只要能爱就万念俱灰。"

然后再把这封他落了款的满笺痴情寄给自己的心。

他没出现，她的心事便全在月亮镜子里的。虽没有愁怨的眉梢——是掩饰过的，到如今还能再事声张吗，却有黄花、细雨和一更缺了边的天。

每念"执子之手，与子偕老"，都怀有对天地万物由衷的爱，由衷的战栗与祈祷。一如歌中唱"我能想到的最浪漫的事，就是和你一起慢慢变老"，都让人在瞬间恍惚里扬起些微笑意。

而一起变老，怕的是这个过程经不起煎熬。月升月落里，这熬需要一颗看透的心。

人的生命的本质不是开始，亦不是结束。开始没有意义，那只是一次啼哭，结束不过是在眼泪里悄然离去。

只有过程，因为起起落落，才有了皎洁的光辉。史铁生曾说："生命的意义就在于你能创造这过程的美好与精彩，生命的价值就在于你能够镇静而又激动地欣赏这过程的美丽与悲壮。"

这漫长的过程，悲欢，爱恨，苦甜，聚散，就是整个的人生。

即便最终撤退，也是皎洁地撤退，带着《诗经》一起撤退，因为《诗经》这枚月亮此时更像一粒洁白的止痛片。

奔赴

　　有个现代诗人写过雪，说岁月里的雪是从某个朝代比如唐朝开始出发，一路颠簸，换过不知多少快马踏破不知多少铁鞋，最终，把青丝跑成白发，把眼前跑成天涯。

　　这是我见过写雪最深奥的诗，关于奔赴，关于信念，关于某种人生的气节。虽然它不被人所知，与古诗千重万重境界不可比拟，但它有自己独特的深意。

　　这深意，透着凉，薄薄的，如在指尖，瞬间又没了。似乎不着一迹，经历过的人才会体会到之后遗留下的钝痛，如小兽每日撕咬，不会停歇。

　　大概心里有钝痛的人，对凉都是这样薄薄的感觉。

　　与人，与往事，甚至与某一段心境的交集，似乎都如一场雪的奔赴，到头只不过把青丝跑成白发，眼前跑成天涯。

　　剩下的时光只是做着减法的河流，在一个叫春天的谎言里，把心底融化成发源地，只为了让你去感受离别的滋味。

《诗经》里有一首《北风》也写过雪里的奔赴：

北风其凉，雨雪其雱。惠而好我，携手同行。其虚其邪？既
亟只且！

北风其喈，雨雪其霏。惠而好我，携手同归。其虚其邪？既
亟只且！

莫赤匪狐，莫黑匪乌。惠而好我，携手同车。其虚其邪？既
亟只且！

多数人认为它是为逃避暴政的逃亡诗，也有人理解成男女私
奔的写照。我个人更愿意相信，这是一场情谊的链接，一个人与
一个人情分的奔赴。不论当时社会背景如何，其间的感情是存在
的，更是真挚有力的。当两个人的感情纷纷扬扬，不可遏止时，
那种不顾一切的奔赴，已来不及含情脉脉，只有马蹄声声，冲破
雪幕，辗飞尘土。

我们看其中一种翻译：

飕飕北风周身凉，漫天雨雪纷纷扬。承蒙恩惠对我好，携手
并肩像逃亡。不要迟疑慢腾腾，情况紧急已很忙。

北风喈喈来势猛，纷飞雨雪漫天飘。承蒙相爱对我好，携手
归途路迢迢。不要迟疑慢腾腾，情况紧急很糟糕。

不是红色不是狐，不是黑色不是乌。承蒙恩宠对我好，并肩

驾车踏归途。不要迟疑慢腾腾，情况紧急太唐突。

从诗句中，我们不难看出当时当景的恶劣，诗题"北风"凛冽，这才让这场雪多了悲苦的氛围。

可是诗中人并不孤独，一句"惠而好我"，也许早已心心念念多年，所以暴政灾难来临之际，狂风暴雪之中，愿与那人翻山越岭，相扶相携，逍遥人间。

如此，才能一遍一遍地催促他"不要迟疑慢腾腾"。

有一种感情，真的直到灾难来临时才可窥见全貌，也才敢奋不顾身。

现世安好又怎样，只是少了那个人，便缺了半边天；一朝风涌云动，才能携起手，只要和你奔赴下去，就足够了。

这样淋漓的感情，一旦释放，便是喷薄的畅快，是亮烈到舍命的坚定。这一场奔赴，也许就到这里，便是一个完整的童话。

而古代大多女子的奔赴，是揽镜自顾，布谷鸟的叫声拍打着春寒料峭的门扉，屋檐下迟到的足音一次次在心头响起，那女子便把花枝摇遍，近看似雪，远看似云。

晚唐诗人温庭筠写有一首《菩萨蛮》：

小山重叠金明灭，鬓云欲度香腮雪。懒起画蛾眉，弄妆梳洗迟。照花前后镜，花面交相映。新贴绣罗襦，双双金鹧鸪。

这首词精细地描绘了闺中女子从懒起梳妆到妆成这一生活的细节，疏疏密密的心事了然于心。

其中一句"鬓云欲度香腮雪"，把一个云鬓披拂、婀娜多姿的美貌女子，写得温柔香润。翠蛾拂云，神情媚俏，于清晨那一刻的慵懒里，贪婪一点香一丝妆，也许只为了他来时，可以送入他的唇齿舌尖，让这软玉温香经得起他揽怀一抱。可是这云朵似的鬓发，雪白般的面颊，这锦绣短袄，却无法与心上人过上"双双金鹧鸪"的生活。如此，这"香腮雪"的凄凉不免让人顿起怜惜之心。那雪，似洁白无邪的心事，点点滴滴，让眉目心间添上微微的哀恸。

这样顾影自怜的雪，是不会惊风动雨的，它妖冶冷清，却能与朴素时日握手言欢，亦是不会铺满他的来路，给他一分惊扰。

她只愿收拾好凌乱的心事，来赴这一场缓缓的，簌簌的约。如一树的花，摇曳生姿，落也飘着细细的清香，兀自把热情的香堆砌。那些细软温玉，是重整旧日山河的姿态，是润着香气的一场奔赴。

不管是声势浩大还是寂静冷清，对于当事人而言，奔赴都是一段旷世美好的旅途。

第四辑　风定素花开

愿眉目爽朗明媚，

嘴角住着仁爱，

整个人美好地坐在人生的颠簸里。

空纤长袖客不留

　　随意找了几首评弹来听，但找的当口却是珠击流水，是不顾珍宝只留有喘喘的急性，是追了去听空山妙音，又需屏呼吸，捋鸟鸣山风的，这才得安心的一种聆听。

　　是寄北在留言里的一句话，说读那篇字，犹如她刚听的评弹的感觉，我这才开始找苏州评弹听。也是被那排小字吸引，一路迤逦寻去，走到急——耳边喧聚天籁醉山妆，眼前云髻眉黛叶善舞，都不是景了；指间风针绣衷素，袖里渔歌锁闲愁，都绊不住脚步；就连花间集被风翻出炉香闲袅的那一页，都无暇念及那锦香气了。

　　——终寻得，果然她的博客里有写评弹。标题很值得玩味，仅四字：评弹好听。这如同有人评价你身上的味道，就只说它好闻。舒适的，简单的，就是一个好字。两相情愿的欢愉。

　　字很少，不过两大段。

　　一是：

　　捏的细而尖的嗓音，一直往前延伸，一直往前，往前，简直

要断了般，忽然被什么东西撩开来，下起雨来，软而黏。拂不得。

支着头，听好久，又很久。一句也没听懂。

却又听很久。

天色似有意。阴晴不定。一会儿风，一会儿雨，一会儿又日色朗朗。

是评弹的缘故。

二是：

不知为什么想起：萍水相逢。

仔细想了想，掉下来的大概是绿云。没有风吹动，微微发怔。

还似斜着伸长的草本植物，有谁走过来，它便拂在她的裙角，带着露水，后来，裙上有水痕。

她给我留的是第二大段落的末一小段。她极善弄半弦音，于戛然而止处留人以回音，如这句"裙上有水痕"。这也是我很欣赏的笔法与意境，是需在心里掘清泉，继而成小溪，叮叮咚咚地流过，如此才能领悟其中美妙处。

我对评弹没多少了解，只知两个人，一般也最好的是一男一女坐在那里，上手持三弦，下手抱琵琶，自弹自唱，内容多为儿女情长的传奇小说和民间故事。表达形式则吴侬软语娓娓细腻。评价者多用"轻清柔缓，弦琶琮铮"这样的词组，与我先前的空山妙音是一般无二的。

寄北起段几句，也把我一直往前拖，拉长，然后"咚"地扔下，我"咣当"落地，碎不开，却觉得那欢喜是一瓣一瓣，碎碎地开着无数朵。

那嗓音真是捏着的，然后才能把听众拖将开来，一转眼，袖缤纷，声委咽，就下起软而黏的雨。那妙境，是不需弹词的，风起雨骤，栏杆凭望，这厢情愿，忽地，日朗，眉间有花开。

仿若一场冒险的体验，呈现出词已尽意无穷的艺术美来。

也如这人的一生，每一场彼此遇见，都是一种冒险；每一生彼此相惜，都是一种艺术。而生命有时就是一种冒险的艺术！我们彼此的生命，感谢有彼此。我想象，这该是"萍水相逢"给人生押上的韵角。

寄北曾叫过弹唱，而且用了很长时间。她的字词间总有似曾相识的感觉，会忽地想起一本杂志里的某个人，也许是错觉，但执拗地认为，早早曾经有过一瞥，遂就安心。

不曾有过相识，但可以有相惜。她从南方到草原的北方，大概是这样的行程，但并不是十分重要。只是，在这某个时刻，说起评弹，她无意的疏朗的喜欢，也扯起我早就有过的百般牵念。

那个苏州，那些捏了嗓音的唱腔，早些岁月我已魂牵过，只是从不曾去过，但于我，已去过百次千次。再有一次相逢，已是百世吉安了。

　　而这要感谢曾叫过弹唱的这个女子，这个现在寄居于北的女子，我是在一看她原先弹唱名字的二字就想起那苏州评弹，只是如今才由她说起，也唤回我良辰时几许惆怅而美好的期许。

　　她的几句话，让我再深一字深一行地懂得一种惜。我知道，有些惜，便是这空纤长袖客不留，而裙上有水痕。

那些树是没有妆容的花

读一篇写楝花的文字，写者在某一次顶着白日头时偶然撞见一棵树，那一处四目所及便只是这么一棵，喜悦便由心底拔起来。

我想象那一刻，远看辽远的一方天地，只一棵的苍茫与壮丽，近看，一树的繁花惹眼，与清风白日相和。那时的喜悦是欢腾的，亦是静默的。看着这棵树，她便想起，曾经，这树是无数意象，频繁出现于青春期密不透风的诗句里。

这该是无可比拟的联想了，青春期里总有透明的几近哀伤的感触，三两句，便可以收留一排迷失的比喻句。她由此也说到诗，说写诗，水痘一样，成了青春期里的身体之需，恰似小牛犊在某个春天的早晨发起失心疯，四蹄腾空而狂跑。

一树的楝花，在青春里是扑面而来的诗句，宛如奔放不羁的水自上而下；而在日久失修的年轮里，却是跌宕的自喜，多了祥和的贵气。

日子一开始都是繁茂的枝枝节节，四处张扬，只有岁月更迭在雪凝的心脏深处，在一株植物或一个黄昏的面前，才会突然觉得，人散后，一钩新月天如水。

那么多那么美好的热烈、慌乱甚至迷失，都在这一刻一下子散去了，剩下安静又惊心动魄的阳光，照耀着那些丝绒般的青春。

在电影中见过许多让人欢愉的树，比如蒂姆·波顿的很多电影里都有哥特风格的树，神秘，诡异，还有一些情节枯燥的电影中的哪个镜头背景里，会突兀出现一棵茂盛的树，单单那么一棵，让人着迷。《江山美人》里，最喜欢的便是黎明在树上搭建的小亭子，还有弯弯曲曲的台阶。

我每去一个城市，看到街道边人工植种的有些年月的粗壮的树，总是想象可以在上面建一个小房子。有一次下半夜里随妹妹的车去一个山村，在窄窄的泥路口一拐弯，车灯如水洗在一棵很平常的苹果树上，一下子让我惊呆了。那棵树很矮，枝丫有节奏似的伸开，天然的，如铿锵的繁体字，铁画银钩，柳风颜骨。

我去买花时，也总会买几棵"树"，比如榕树，微型的，似乎总也长不大，但我总在期待。还曾经在绿化带里挖了一棵自然长出的枫树，几厘米，幼小的苗。

《美人草》里有苍茫的树，刘思蒙就在树上孤独地蹿来蹿去，看到叶星雨来时，脸上有那么单纯的羞涩的喜悦。

那深林里的树是隐秘的孤独，是孤独的王。就像青春里我们经历的每一场高傲的动荡，来来去去的时光，总是把我们留在原处，不过问，不安慰。我们便疯长高贵的脖颈，妄想看得见远方。

树似乎也总是与青春为伴，它身上的伤痕就是我们的伤痕。

因为，这些伤痕，都是我们自己刻上去的。我曾想写一篇或几千字或洋洋洒洒上万字的小说，结尾都安排好了——十年后，我回到了我们的学校，但没有找到我们的爱情，只找到一些爱的细节，比如我们曾在一棵树上那么小心地刻对方的名字。你知道，我找到这些时，我是微笑着。而你不知道的是，我在一个细节上差点哭了，那就是，我们从来不曾爱过。

而只有那棵树，只剩下那棵树，还记得，曾经我们看似那么热烈地拥有过彼此。剩下恍惚的时光，坐在秋千上，忽而荡得那么高，似乎就能看到美好，忽而陷于低处，窥不见往事的全貌。

某一天，突然发现我开始关心一些植物，走在街上不再看行人，耳边是静世，眼里只有那些枝丫，叶子，绿色。这树便是苍劲的刻画，有宁静充满凹凸的神秘美，有重重叠叠不可悟的佛事。安详的岁月，便拖来旧时光。

真的就变得那么静了，日子静了，时间静了，窗外静了，香气也静了。我站在某个江南女子的窗外，我便是这窗外那棵发呆的树。窗内女子是不可见的，但她闲适散落的书中的字，却被缥缈的时间带走。我忙着捡偶尔粘到衣襟上的墨香，边捡边抬头，瞬间看见一枝一丫的字，串串欲滴，散着香，润下来。她是全然不知的，她在无痕的书中一针一线地绣锦字。

突然就觉得，那些树，是没有妆容的花，开得惊心动魄，我遇见一棵，然后走过，在树枝上留下青春里最后一件白衬衫。

心在一念间芰荷映水

忽一日看到自己许多年久散落的文字，看着有如此难料的激情，同时亦倍感一种距离的陌生。

比如记过一件事，是去另一个城市看一个相当好的老家朋友。当时其实不想见任何人，可是还是执意要去。然后听了一晚上他和老婆吵架的事，我极尽能事地劝。如当年一样。我一直在做着一个安慰别人的角色，以至于，谁都以为我是无所不懂，因此也是最坚强的。坚强到天一亮，就想逃离。逃离的那一刻，我深深地有了一种恐惧，一种在逃的恐惧。

那时的感觉此时是不减分毫的，只是此一时彼一时，如今用了清淡寡念去铭记那些一如蚀刻的过往和心境了，这样方觉妥帖，而不会再有牵筋动骨的杂念纷扰了。

但同时亦有突兀的苍凉及陌生迎面而来，仿若看到两个自己，如早些年有人说过的，一觉醒来看见身边躺着自己的尸体。不知道哪个我在哪里死去，看不到自己。

那些文字如孤僻的孩子忍着痛不流下泪，在街角兀自徘徊等待长大。我眼睁睁地看着，竟然徒增一份陌生。

我一直很喜欢一个朋友的诗，她说过：你陪我疯癫，我替你写诗。我从她的诗里，获得太多的自我，无以自拔的重生，掩盖着虚脱的灵魂，手指长出锋利的向往，适合用来撕裂一些真相，痛随后攀附，你不能拒绝，找不到托词。那是一种很畅快的感觉。

我曾在她的每一首诗的前面都作了注解。"她不停地变幻着名字就像她不停地变换着哭泣的方式""久没有读一首熟悉的新诗，是不是，就可以叫作我们的陌生。我喜欢陌生这个词，因为，我用在我们身上。"

至今回味我说的"熟悉"与"陌生"，仍有自上而下的悸动瞬间刺穿而来。我把一些陌生用在我熟络的一种情感里，或是给自己，生生地拉开一定的距离，是得以大安慰。

说过的话，亦有这般的陌生。

有一次写我害怕的促狭的空间，提到跟朋友曾经说过的，如果我上辈子是被人谋害的，那么他害我的方式一定是把我关在一个足够小的地方活活地饿死。于是这一生，除了常有的饥饿感外，对促狭的空间，我就有了一种抵触。

当时还是应该特别喜欢一种内心的发泄方式，错乱的段落，记录生活的点滴，如此珍贵着这些看似不起眼的细枝末节，所以才会说了这样一番话：如果是那样，有时我会想，但愿我是被爱情谋杀。我希望我活着死了，都与爱有关。

最后一句，是不会在唇齿间流落，那是内心的笃定与坦然，是一种无可剥离的命运，所以轻巧，轻巧里有端重得自己的心跟着坚硬与柔软交锋。

时至今日，是很难寻那个年纪里的这种交锋了，话语说出去，就如水泼，回不来。而人生在某个阶段总归就这么一盆水，所以自己的话总在日后有陌生的感动，仿佛它不是自己的。

有一个好处也是不可忽略的，那就是陌生有时会成了自己跟自己的游戏，不需要过分，亦不需要承担。如日月穿过厚重的窗帘，淋在窗前一株绿色植物的脉络里，不过多索求，亦是必需的。

曾有过一次交谈也在年久的记录里，只是当事人以及林林总总的场景已素淡得足以疏忽岁月。那时她在对我的某些方面所表现出的霸道有所推崇，说为什么有一个跟我正好相反的人，总是过分温柔对她，她却爱不起，她说她还是喜欢霸气一点的。心有洞天，才能坦然以待，说的也算实诚，告诉她过分温柔就是一种霸气，我就做不到。

在那些零落的记录里我说，我自私，我自己把甜品分成两杯，自己喝，半夜里跑到街上，看几个人为一个女孩过生日放烟火。

然后面似温和地打上两行字：我跟陌生人分享我的快乐，却跟我熟悉的人玩陌生的游戏。

这陌生就是我妥当的伴儿，不曾交付，便不需承担。

与路途中真正意义上的陌生人的交付，是很曼妙又充满机缘的巧合。常常是稀薄的擦肩，不痛不痒，难得有微妙的距离与美感。一生中有过一次两次，便是幸事。

路途在我看来很多时候仅仅是坐车，或者对坐车留有亲昵的好感。就是单纯的坐，也不跟人说话。坐车可以从一个地方到另一个地方，而另一个地方通常是陌生的。是可以安心亲近的陌生。

那都是过时的记忆了，每念起，眼前就剩下一些光影，车窗外一闪而过的迷离的风景，耳边嘈杂的带有快感的声响，内心老唱片吱吱呀呀的舒缓的唱腔。其他的，都不再重要了。

有一段时日，不停地在各个城市里奔波。每天都买各种各样的烟，一些在我的城市里买不到的；整天，除了吃饭睡觉，我都是在车上，或在车外看街道，街道上的人群，人群里陌生的人；有时也会很累，吃饭，喝酒，无所事事，晚上在宾馆的床上看电视，听门外有没有声音，每一根头发都长出寂寞的耳朵。

也被人扯到迪厅，他们玩，我坐于一角。那里有那么陌生的类似高潮的好感，可以完全与自己不相干的好感。

这一切都如同碎影，在午后的树荫间恍惚。倒是一次被人硬塞去洗头的经历犹自记挂。那是我有生以来第一次去洗头。

所谓的洗头，不过是花哨，但因是在某小区边上的很小的店面，便稍感可以从容一些。我不善跟人打交道，更懒于说话，倒是她，说得很多，步步相问，只当作寒暄。

她谈及的内容也多而杂，从梦想、追求到爱情，甚至日后生活，都不厌其烦。语气里又是不容人去非议的，自然而然，又如清溪。

这本来就是意外的美好，不需再多添余念。可她突然说起我身上很香，很好闻的香。这是第一次有人说我身上的香，眼前瞬间已是和风惠畅，蝶舞蜂喧。

我曾在日后多次回想起这个女孩，也由此知道修饰香味最美的形容词莫过于"好闻的"。

人于世，总是有太多贪念，而贪念往往是痛苦的渊薮，所以我总是极轻微地应对。如同这路途迢迢的人生，有过一次陌生的感动，知道有一种香气也是适合妥帖于我的，就知足了的。我称这极微小的事为缘。

有文章说，人与世界的诸多联系，其实常常是与陌生人的交接，而对于这些人，无欲无求，反而能够表现出真正的善意。每一次照面，如芰荷映水，都是最珍贵而美丽的人间情分。

这里只提到了人，而忘了还有一些事，一些过往，甚至一种你永远也无法参透的情感。与陌生人的陌生，与自己的陌生，是两相情愿才有诸多的好了。

是的，光洒下来，某个午后安详的时日，有人自书中滑落一些字句，有人从遥远的地方捡到，犹自记挂一种叫陌生的情感，彼此隔山的情分，心却早在一念间芰荷映水。

风定素花开

每个周末，我常听的音乐台会搞娱乐互动节目，放一段音乐的前奏猜歌手与歌名。几乎大多数音乐的前奏我都熟悉，但要说出名字，总要迟疑半天甚至怎么也想不起名字。

记得在升高一时就买了个小录音机，可以放盒带音乐，引得同学惊羡。每天课外活动，便有人跑来塞上个耳机听一会儿。

那时有一个同学，跟我聊每首音乐前奏的好坏，我是第一次听人说起那些曾被我忽视的前奏。待很多年以后，迷恋某些好听的前奏时，才知道原来喜欢前奏的大有人在。那个同学，曾是我高中时特别佩服的人，多年后想佩服他的原因，大概就是他贫穷而孤单的少年时代曾有过如此低低朗朗而敏感的心。

曹方的《孤独的独白》里有一小段独白，是曾被我忽视的：住在这个城市里，每天都过得太快，从临近的清晨到日落的黄昏，仿佛只是眨眼之间，马上我要为你唱最后一首歌了，我希望快乐的时光能维持得久一点，谢谢你的聆听。如今每次听，都染上怀念的情绪，铺满整个身体。

我们居住的城市，每天都有被关心的大新闻，我更迷恋那些琐碎的小事。比如深夜音乐似有似无绕满周身的寂静，仿若能看到如丝般的绿藤，爬满房间；比如窗外的路灯，突然一下子都熄了，带来风定素花开般的阔寂。

于情感，这琐碎便是娇蕊，一点点怜惜的样子。

我有一个朋友曾经历过一段无疾而终的感情。他从北京来到那个城市，原来是因为一场舍他而去的情事。她和他若即若离地交往，她的心便是娇蕊上那点点怜惜。

他的前女朋友在其间心生悔意，不断来电话求和。某一次，她在他的房间里聊天，一个电话打破了一屋子的温馨。他可能不知道他说话时有多温柔，她咬着唇，一秒一秒，好长的一个电话呀，她想她应该走了。他送她出来。什么时候，外面，下着，绵绵的细雨，她说她的心也如这雨。

送她至楼下，他在她旁边不说话，她说，你给我一枚硬币吧，我没有零钱。接过硬币，不敢看他最后一眼，奔向街口拐弯处的班车站点。直到看不到他。她没有坐班车，硬币在手心里，尚保留着他的体温。她只是想让这硬币陪她自己走回去。

我一直被这个细节感动着，我想若干年后，也许她可以忘记这个细节，忘记那枚硬币。但，我想在很多年里，应该是这样的，就像有人说过的，人生里，许多无关紧要的琐碎，挥之不去，隔年的蚊子血一样，恁是擦不干净。

五一假期还在上班，路上曾看到一对老人坐在街边的木椅

里，一起缠毛线。粗粗的毛线，大概是很久前不舍得扔掉的毛衣，曾一手一手织就，如今拆来再织成另外的模样。

老先生手法笨拙，老太太也不言语，只顺从他的笨拙完成一圈圈的缠绕。我在那一刻，真的觉得有点透不过气的美。

这真的是我们需要的美——雨疏香气微微透，风定素花静静开。

你会常想起一个人在屋里走来走去的样子，连带她动过的杯子啊，被子啊，一本书，一个鼠标，她照过的镜子，她留下微笑的早晨。对，这是很诗意，但心里就是被这些小场景充满，它本来就是一首诗，因为它很美。有的人看不到，所以有的人就会失去这些好，继而失去这个人。

两个人，要有一致的生活状态，特别是在一些很琐碎的事上，比如吃的，穿的，一本书，一首歌，一场电影，一些内心的感受……恰恰是因为这些事的小，反而更加地让人着迷，有着性感的让人喜悦的美感。

看取莲花净

回忆

顾城说，什么都不可能的时候，回忆就完整了。厨师说，爱情是一个葱头，一瓣一瓣剥下去，总会有一片让你流泪。

那些活在回忆里的人，都能剥开这样一瓣，泪结于这一瓣，这一瓣是一座空荡荡的城堡，关着自己一个人。

最美好的回忆，当是顾城说的那样，任是季节变迁，内心是完整的，因为一切不再可能，与那个人隔空一笑，恩恩怨怨抛开，这才是最完整的拥有。

可是顾城也没有做得到，由此说来，我们大多人都是不配拥有回忆的人，因为我们无法拥有完整的回忆。抱着一瓣回忆，感动自己或感伤自己，既不是自我圆满，也不是自我救赎。

我们必须知道，人群中多看你的"那一眼"，是传奇，是日后你剥开能让你流泪的那一瓣葱头；再唱不出"那样的歌曲"，却是因为爱情，长在风里，葱绿的记忆。

亲人

当你得到这样的宠溺：不管你做错什么，不管你如何任性，不管你如何不讲道理；也不管你做错了如何不认错，也不管你任性而忽略了他，也不管你不讲道理时摆出如何强势的道理，他依然愿为你承担错的后果，愿默默接受任性给他造成的伤害，愿将你不讲理时执拗的双面刃一正一反地全部割向自己的真理——是的，当你有幸遇到，记住三个字，他爱你。

如果你忘了，你一定要明白，他的爱里还有亲人的品质，无论你做什么都不会放弃你！

浮生

浮生是个什么东西？

它是闭门雪夜一人的幽静，幽静里的幽灵，幽灵的风情万种，风情万种的一场美梦；

它是一缸水，我们都是一条条的热带鱼，不敢指望水来升温，只能自己降低自己的体温，抛开爱，抛开热情；

它是古时"恨不相逢未嫁时"的一部个人史记，是现世"恨不相逢未老时"的一页薄念；

更是愿和你一夕忽老的一念，却能与你在夕阳西下时一起坐很久很久很久……

深渊

这几天翻看当年写的顾城的《英儿》的笔记，心还残留着那纸上紫褐一片的杀气。

人与人，一旦有了爱，就掉到深渊里，有人视之为桃园，有人则看作地狱。

同是深渊，是自己跳进去的，感受不同，仅仅是对那个人有了别念。顾城在书中说，人熟悉一个地方是挺怪的，它们就变得合情合理起来，再也没有那种莫测的深渊般的感觉了。

你与之相爱的那个人，自始至终就是你的深渊。只是你爱着爱着，就爱得那么自然，那么合乎心意，恨不得深渊再深，一往深情下去——哪怕你孤老，依然相信，就算爱到"老来多健忘"，甚至不识门前柳，却能于每一个柳又青时节，"唯不忘相思"。

与之相反的另一类爱，则有着满山响雷令人悲恸的结局，它如一路荆棘，刺得满身是血，都无法阻止你连滚带爬地逃离而去的决心——当初怎么就进了这魔域，一发不可收拾了呢？

更多的爱，则是种半畦翠韭，就能守成一园风光，也许有爱，也许没爱，也许根本就早已不再关乎爱了，但人还在那里——越是熟悉的风景，越是更深的渊，让人不能自拔。

请佛

高洪波先生《潘家园散记》中有一篇《请佛记》，小记他先后请到的几尊佛像的经历。

我喜欢这个"请"字，之前孤陋寡闻，这时看这个字，心顿时澄澈明朗。一个请字，简朴却敬意重。

这些佛像，有"罗汉长须、广额大笑"模样的，也有"苦行僧人、低首沉思"神情的，有"手持一环、神情猛悍"姿态的，也有"一副笑模样、头上有戒疤"风容的。

作者对此"爱不释手"，我也喜欢这四个字，它表达的是一种原生态的敬重。请佛入门，相敬由心。世间的情也如这偶然所得的四尊佛像，有笑的，有苦的，有悍的，有伤的，人都在其间做自己的选择，或幸福拥有，或心伤逃走，或恶困潦倒，却没人愿意怀一颗请佛的心，自没有相敬的意。

情深意重的圆满，情何以堪的残缺，都理应相敬以待。

请而相敬，是感情中最美的距离。

棋局

朋友问我，你写的那句"长安棋局翻"是什么意思。

我笑回：古长安，有两人在大街正中下棋，下得很开心，然后，两个人闹翻了，把棋局打翻，也把历史打翻了。

朋友说我刚查了，"长安棋局"是比喻动荡不定的政局。是的。

可是，你看古长安的历史，都不如看这样的一幕：两个小人物在下棋，街正中，车水马龙，人海茫茫，他们下棋下得忘我，最后因得失而闹翻，那得失也许就是一步，一步一招定江山，所以他们打翻了原本欢乐的棋局，他们多可爱，他们是自己的历史，他们打翻了自己。

历史的发展与个人的修为，一开始往往是楚河汉界，不让分寸，直到最后国泰民安，才能心归寂静地下一盘物我两忘的好棋。

老

老歌

以前有近十年的时间，我听的几乎都是外文歌曲，只是因为我不想听懂歌词。就像世间的故事，对我没有吸引力一样，不过重复上演。

但也收藏了一些中文的，小众的，是跟自己的经历有关。随便在文件夹里挑两首，纪如璟的《咖啡杯里的水仙》和林宸希的《句点》，原来多年后再听还是一场舞台剧。前一场在老院子里上演，她坐在老椅上，没有配角，没有主角，只有一杯咖啡的现实和水仙的临水身影。后一场在街头，人来人往，人海茫茫，所有的人，都带着自己的表情从剧中穿过，她自演自唱，主角是木偶，卖力做着各种动作。

想想这些老歌曾装在一张一张我在各个地方淘来的碟里。封面上，有我喜欢的某一个点。也许是嘴唇边一点的叛逆，也许是香烟明灭里的一点迷失，也许是黎明之光中的一点破碎，也许是窗口前一点撕开的衣领，也许就是一句歌词，唱着别人的一场死去活来的爱情。

总之那么多年，我确定我在这些碟片的戏里，没有台词，没有剧终。

有时，你通过一首歌，能找到一个人。有时，你通过一首歌，只能一遍一遍地证明你失去过一个人。那么多那么老的歌，反反复复唱的，你一听再听的，竟然都是那个人。

老意

看到一本20多年前出版的薄薄的小书，其中有张晓风的一篇文章。其中有一句，是我最喜欢的，也是我愿一百次一千次提及的。

她写：爱我少一点，我请求你。如果在春日的晴空下你肯痴痴地看一株粉色的"寒绯樱"，你已给了我最美的示爱。如果你虔诚地站在池畔看三月雀榕树上的叶苞如何骄傲专注地等待某一时刻的爆放，我已一世感激。

真是好。就如做闭门禅主，一灯火，一窗影，一本书，再观俗世，也是风清月明。只因心中有禅，处处是禅。爱的至美，是懂得自爱，也是懂得爱万物。

也许有一天，当你把心拿在手中，感到湿漉漉的时候，你突然意外地将它拧开，便能一下子洞明，爱一个人，不仅仅是给予爱与享有爱。爱至有了老意时，或许才能见街头一株蜀葵，一棵馒头柳，都有对那个人至深的爱。这时，才对了。

老酒

相比我更喜欢"一壶浊酒"，只是为后面的"喜相逢"。

水至清，一声鸟鸣都能漾起波纹，人更多的，只是一水浊气，似乎见不了云影，听不了风语。但恰在某一时，心意相融，相逢之喜尽是豪气。

说到底，浊而不净，是因为不停歇。名利的追逐，爱恨的纠缠，没有尽头。而老酒，是沉淀的半生话语，是来不及说出口的另半生老泪。

记得有首诗，第一句是，讲故事的老人坐在椅子里，最后一句是，讲故事的老人找不到结尾。中间是什么？我想应该是这样的：讲故事的老人，与一阵清风，一场雪，一墙花影，相顾无言。

烫一壶老酒，喝的人，多是那些不需要太多话语的老友，一碟花生米，一盘毛豆，两行老泪花。

恍恍然，时光酒气，无端端，仿佛回到红泥小火炉的旧情旧事里，欲言却无语。

再烫一壶，朝雨轻尘，往事醉欢。忆起时，还好，你在，还好，客舍青青柳色新。

疏离

记录一些生活的琐碎，之后会渐渐明白，琐碎对于宏大的叙事岁月而言，是一道斑驳的墙，隔开世界。

与世隔离，心房之内有窗外的光线松松地照在阳台上的植物。

一瞬间，恍惚着便感觉一切的存在都不再真实，而这一刻又是那么踏实。

四野仿佛是静秋时节，有一片落在眼前的黄叶，打着转，人生的时令，尘间的世象，五蕴皆空，人心安地站在一边。

那个时候，你会先看到，一个女子总是在阳台下面走过。有时面容祥和安定，光线靠拢她，她素雅而恬静，如水洗的纱，风一吹，善歌善舞，缥缥缈缈，寂而不冷。

有时眼里雨云深绣户，探不到她内心交织的新词旧曲，空茫茫地来，而全然不理会陌上行人去。

内心世界更趋向明朗的定义，在我看来是一场清谈的演出，轻渺而神奇。

每天视野沸腾，世间连绵迭起的语言，煎煮般的人海，此起彼伏，自有人披一身纯净的光芒，做温暖的归客。

已很久疏于那些执着和坚韧的梦境，梦境亦没有给我任何回音。灿烂的桃夭，喘喘的采薇，是书页里的膏脂，丰腻的音韵似的，而额头生长冒着危险的皱纹，才是我最后的消息。

深深浅浅的白衬衫，已剪辑成影子。

对明天空濛的嘱托不再是一种困顿自己的情结，此间的时光，如一群洁白的鸽子掠起，留下一串结实的读后感。

所以可以轻松地不再发言，每个月份，都神情邈远，像荒山里你终于遇到的隔着雾的简朴人家。

就是，这就是你的疏离感。

《天使爱美丽》里有许多疏离感极重的人。他们在自己的世界圈子里，演绎，交织，互相取暖，虽徘徊、迷离甚至苦痛，但不失怜惜、珍爱。

疏离感是一个人的编年史。

时间的经、事件的纬，纠结穿梭，宏大而又迷雾重重。读者从这部历史中寻得某些事件之间的联系，然后获得某些通透自知，但对事件里分散各时期的人，却常常难有所得。

而疏离，必是要来自一个人经年的清谈。"清谈只是一个人站在角落里，灯光刚好打在他的头上。"疏离则是条件反射作用下的一种避让，一种谦随，最终达到超脱。

在某一时，我的疏离便是，在一个女子早晨经过的阳台下面，迎接第一束光芒。

旧物之美

我特别想开这样一个小店，店里出售一些旧物，每一件旧物都有主人的故事。几张老唱片，一尊陶器，一个密密麻麻写满秘密的日记本，几盆正开着的花……

其实这是一个出售故事的小店，并不是一般意义上的古董店。那些故事是一些被风吹散的命运，有人来购买别人的命运，然后从中触摸时间残留下的炽热的妩媚，被摧残过的柔软的回忆。

旧物的主人被时间带走了，然后把一些东西丢在老地方。不是他们不珍惜，只是无法珍惜了，所以说是命运。这些带着命运的味道留在老地方的旧物，便是最美的，最美的旧物，是那些被人珍爱过的。

《天使爱美丽》里，艾蜜莉捡到尼诺的相册，每天晚上都翻看这本由相册主人捡到的相片碎片粘贴而成的人物像，她在想象着那些相片中人物的故事，也想象着那个捡到这些碎片并粘贴收藏的人。

艾蜜莉开始按照相册主人的寻物启事去归还相册。可是第一次，她没见到他。当别人说要替她转交时，她紧紧抱着相册说要亲自归还。她知道，那个相册是他的最爱，所以她要还也得亲自还。

接下来，艾蜜莉还相册的过程充满着迷人的圈套。像一个特工跟踪一个目标，像一个猎人追捕向往的猎物，使尽花招。她甜蜜地玩着这些花招，如同猫捉老鼠一样。尼诺也在这些防不胜防的花招里，感觉着她，两颗敏感的心也终于走到了一起。

还有一个贯穿其中的温暖的情节。

父亲总是封闭自己哪儿也不去，艾蜜莉劝父亲去旅行，但父亲很顽固，所有的劝都没有奏效。于是，艾蜜莉拿走了父亲因母亲不喜欢而被母亲丢弃在工具箱里的"老朋友"，那是母亲去世后父亲才从工具箱里找出来每天擦拭上色把玩的玩具，一个长得像圣诞老人的穿绿衣戴红帽的玩具，你无法想象接下来发生的事，竟然是父亲接二连三地收到圣诞老人在外旅行的照片。

电影的结尾处，父亲终于敞开胸怀兴致盎然地开始了他的旅行。

苏童的短篇小说《徽州女人》中类似的情节则是异常悲怆的。哑佬一直生活在长满向日葵的金色小岛上，其实那里并不是一个小岛，不过是一个叫龙家湾的小站，哑佬每天都会看到南来北往形形色色的人从此经过。有一次他就看到一个耍猴的男人，过了几天，又看到一个从葵花地爬来的没钱搭火车的叫银月的女人，她来找一个耍猴的男人。

小站站长老锛子说耍猴人走遍四方找不着的劝她回家，并讥笑她这么漂亮的女人连个耍猴的都看不住还能干什么。女人说：我不回。他把我当姑娘时的银项圈当猴套呢，他死了我才不管，那猴子死不了，银项圈也烂不掉，追到天边我要把银项圈追回来。银月留在小站做帮工攒点钱再去追他的男人找她的银项圈。银月每天割草，割很多很多的草，不知疲倦似的。

故事的转折是从簪子开始的，小说的这一段描写得特别感人，大意是这样的：

一天，哑佬捡到一支头簪，银亮亮的。哑佬吹了吹银簪，没有灰尘，却吹出一股类似向日葵的淡淡的香味。

哑佬朝路坡那里张望，银月的黄衫子已经滑落到坡底，在一片葵花秆子和干草丛中间一点点地闪烁。哑佬在心里责怪：银月你这个怪女人，割这么多草干什么用呢？

后来哑佬把那支银簪藏在宽宽的裤腰带里，他粗粗地喘着气，闭上眼睛。眼里便湿热得很，全是夏天的向日葵作着温情的燃烧。哑佬不会说话，却在心里一遍一遍地说：银月，银月，你割这么多草干什么用呢？

银月发现簪子丢了，要死要活的，说那簪子和银项圈是成天地的，她出来追银项圈的，怎么想到簪子也会没了呢？

接下来的几天里，龙家湾人都看不得银月因为失簪而发疯，

一大帮男人也疯了似的散在长长的铁路路坡上，乱七八糟地寻找一个女人丢失的银簪子。

哑佬躲在银月割下的草垛子后面，狡狯而得意地张大嘴。后来银月失踪了。

小说里没有直接说她离开了，而是说"失踪"。对于已经熟悉和习惯了有银月的日子的龙家湾人来说，银月的失踪无疑是件最伤感的事。

接着，某天有人发现一个人抱着葵花秆子在哭，是哑佬。再接着，次年夏天哑佬死了。那是龙家湾向日葵开得最闹的时辰。

那天，他卸完货跳到池塘里洗了澡，洗完澡就一直躺在葵花地里，后来老锛子带人找到他，看见他的胸口上插着一支银簪子。翻开哑佬的冰凉的眼皮，瞳人里装满了金灿灿大朵大朵的向日葵花。

哑佬第一次见银月，最想最想告诉她，夏天是葵花世界，那会儿龙家湾的人眼睛里全是金黄色的花盘摇啊摇的。

这让我想起大学时我曾丢过一支圆珠笔，一支再普通不过的圆珠笔，它唯一的特别是，笔芯是组合的。因为那时很多圆珠笔的笔芯写字都不如我意，出水不清晰，直到遇到一支。

所以再买新笔芯时，就把那个如意的笔芯的笔尖拔下来，插在新买的笔芯上。这样才安心地写字。那时不喜欢用钢笔，带在身上总觉得不方便。

就是一支普通的笔，有一次上微机课竟落在微机室里，微机室一周才开一两次，我天天去微机室门口等。刚丢掉笔的那天，心都要裂开了。

终于在一周后等到微机室开门，并没有抱什么失而复得的幻想，但最后还是找到那支笔，我这才心安。

依然记得深刻，走出微机室的那一刻，我差点落泪。至今再忆，感触也颇多，不过是一支笔，如今不一样丢了。但此时与彼时，真是两重天地。

一支一元钱的圆珠笔尚能珍爱至此，可想那些染上回忆气息时间痕迹的旧物，该是多么珍贵。

我还有一枚小小的鹅卵石，一直在牛仔裤前口袋上方的小口袋里，一直带在身上，它光滑，染上了牛仔裤的颜色。

为了这枚鹅卵石，挑牛仔裤的时候，我都会去注意一下那个小口袋。它住过我拥有的 20 多条牛仔裤。它是我在那片西海岸往西的沙滩上重复不停流浪的伴儿。它一直没丢。

我常想我被时间带到远方时，那些经意不经意丢掉的旧物在哪里？

岁月更迭，渐渐明白，它们全在原来的地方。捡到它们的人，应该是捡到他们自己的前缘。这是一种很微妙的关系。

有人丢掉一些东西，有人捡到一些东西。这不是毫无征兆的，更不是毫无联系的，而是暗含诸多蛛丝马迹的一次相遇。

与自己某些过去相遇，与一些回不来的时光相遇，与一个陌生人的前缘相遇。

那个相册，你说是尼诺的还是艾蜜莉的，那个簪子，你说是银月的还是哑佬的，谁也说不清。

旧物之美，美在前缘。

我要开一个旧物小店，它的名字就叫"前缘"。只因为我不愿枉费一些妩媚一些柔软，我要把这些旧物出售给懂得并能触摸到的人——在时间残留下的如渣往事里仍能感觉一些炽热的妩媚，被岁月摧残过的似沙的回忆里仍可以抚摸出细密的柔软。

某一天，某个旧物的主人也许会突然出现在小店门口，像《独自等待》的结尾，周润发带着笑走进陈文堆满旧物的古董店里，他问：小伙计，听说真的有卖我的内裤啊？那时，我会笑着说：欢迎光临，这个世界上最有诗意的小伙计愿为你效劳。

我们通过一件旧物，与一个陌生人一些往事一段时间有了曼妙的联系，是因为我们想拥有一份美好的怀念带来的慰藉，哪怕是陌生的，我们真正怀念的是自己内心沧海桑田之后微笑的悲伤。

每天都有一瞬间开始想你

陈染小说里的女主人公，往往长着黑黑大大的盛满忧郁的眼睛。

她用词也简单，形容眼睛就是黑黑大大的。《与往事干杯》中的"我"跟《无处告别》中的黛二小姐都是这个样子。我并不是太喜欢去研究某个作家，往往只喜欢"断章取义"，喜欢哪一段文字或哪一部作品给我的感觉。这样的"断章"，是不必承载太多，但可以取悦自己的。

之所以，开篇就提到陈染，只是因为这几天一直在这四个字里徘徊。黑黑大大。

黑黑大大的眼睛里盛满忧郁。这是一首流淌的纤细的诗，是在岁月的河边洗出来，然后在水里留下的影子。

就这一句，却足以让人内心所有的纷杂安静下来，寂静下来，然后升起又高又远的月亮。我们沐浴那又高又远的月亮洒下的清辉，体验出生命中那些匆忙的近乎逃离的初衷还有青春冲突的本身，都不复存在。

总有一天，会恍然感觉遗失得太多，连自己也没有了。而陈染要保留的，就是她自己仅存的内心，以及内心一轮又高又远的月亮洒下的一缕清辉。

她的每一天，都是孤独的，是落寞的，但绝不是重复的琐碎，是琐碎里不断给自己安排诸多的新的孤独与落寞。我为这样的一种人生肃然起敬。虽然有时，这种人生是应该摒弃的，是亚健康的。但它却是个性的，是不容抹灭掉的。

可能因为最近的生活中有出奇的矛盾，心也左冲右突不得歇息。比如，工作出奇地繁忙，但又让我感觉出奇地静。就像《寂静岭》里灰蒙蒙的街道，空无一人，隐藏着许多未知的恐怖与荒诞。

这些日子每天只听一首歌，Bebe 的《Siempre Me Quedará》，一听就是一天反反复复的，在 Bebe 慵懒而充满诗意的声音中想象人生需要的质感莫过于对某一方面的坚持。

就算是无法避免流于世俗，但总会有那么一刻，自己可以揪紧自己，再也丢不了。就如她在歌中唱的慵懒诗意情绪：每天都有一瞬间开始想你。

桌面又开始变得凌乱不堪，手头上的事情总是没完没了。还好，窗外是真的秋天了。

吹进的风像丝一样凉而清爽，但键盘的空格键变得很迟钝，大概是因为我敲的时候太用力了。

日子有一种安静的混乱感。我却被什么东西给剥离开来，想说什么，却哑口无言。

不停地看书，夜里一两点时才放手，把家里买的书差不多都看完了，就觉得一下子没意思起来。

朋友说，你看你的《无字》啊。这是很久前买的张洁的作品。不知为什么，有时我特别喜欢这老一派的作家——当然其实他们并不老，写作风格也不老——他们的文风与写作手法有时不是太喜欢，总觉得过于陈旧了，缺乏创新，无法与我的感受合二为一，但就是喜欢。

大概是因为，他们的创作都经历了一定时间的磨砺，是一种残酷的折磨。张洁的《无字》洋洋洒洒一百多万字，她势必经历了寂寞蜂拥而来的折磨，而自己还要一次一次地抗争，才能完成她写作的使命。

一百多万字，掂起的重量，总是让我无法正常阅读，随之搁置起来。

但对这还没来得及看的作品，依然是那么肃然起敬的。因为，那是经过摧残的生命。

陈染在小说里说过这样一句话：在经过了长时间的奔波和追寻之后，我已身心疲惫，一切已大不如昨，衰竭正向我的心灵蔓延。

她的这种感受，只有经历过才能真正体会，并深深懂得那种"衰竭"和"蔓延"。

无独有偶，Babe 的歌中也在相关的一句：有一道光，存在于这黑暗，它给予我冷静，时刻的冷静，风暴与冷静。

我想，我理解了我那种"出奇的忙出奇的静"，原来这不是

矛盾，这只是一种过程。

我们先经历青春的风暴，然后慢慢冷却，感受到一种衰竭在身体里蔓延，一切已大不如昨。

我们能拥有的，可能只是爱情中"每天都有一瞬间开始想你"的感觉。

有一点悸动，也有一点悸痛，但正如陈染说的，盛满忧郁的眼睛并不枯萎，它们仍像夏日的阳光散发出焦灼而热烈的渴望。

记忆最终是养在花里一样的曼妙

我看到过用文字绘出的非常曼妙的一幅画。我说是曼妙，是因为我更看重的是一种内心的观赏，那种在心里，被一个字一个字慢慢一层一层濡染开来，带着你的每一根神经进入画中的曼妙，是欣喜，无以复加的欣喜。

她这样绘出画来：

要画野菊花，我来调色。柠黄是好的，但是太亮了，要加一些白色，这样它就有粉意，就柔和。不过，还要加一丝玫红，这样在纸上开起来，我会认得它。它们开在坡上路过时我记得就是那样的。

当然还有白色的。不，不要把白色单单地落笔，也不能加柠黄色，得加一点点绿色，这样，才是真正白色野菊花。你想想，早上看到它时，是不是有淡淡的绿意呢？到下午，它就要变成淡淡的紫色，可是我不喜欢。紫色是最不放心的颜色，过不了几天，就褪去委屈的灰，真是锱铢必较。

铺好纸，洗出笔，沏了茶，你请。呀，真抱歉，我可不会画画呀。然而，你也不要瞪眼，我可以和你说说，说说这些野菊花

的事。

忘了告诉你，它其实是开在秋天的花。而我总是要把它记成春天，的确要糊涂的。你不晓得，它们开起来时那种漫山遍野的样子：一层层，一片片，一堆堆。迎面碰到，简直多得岂有此理。这哪像是秋天？可是，遇到真是件欣喜的事。

看着这些字，玲珑剔透，织就的不是山河，是信物般的精致与珍奇。然后跟着她一起，将自己也绘制其中了。于是就感觉她安于一处，面带微光，是温暖的底色，我在一旁与她说上几句。

她选择野菊花开在春天，这是意料之外的欣喜。所以，她这幅画才这样曼妙。她调得那般温和优雅，如满山满坡漫不经心的架势，是扑面微寒里的天鹅绒，一层薄一层暖。

柠黄是等待，别调稠了，稠了就是苦守。拌上白，是岁月嵌入的光，轻轻一糅合，便是诗意。这如同人生。之后，便跟岁月无关。

玫红应该是一点一点染开的，不急的速度。然后，就有了享受，那是一种迟早要来的相遇。

我欣喜这样的相遇。记起某个午后，时光被记忆一层一层地雕刻，充满宿命。不，不单单是这样的，就算是宿命，如今看来，也是诗意的宿命。这样不好吗？至少我记得，那个午后，一束野菊花连同阳光带进了教室，黑板是黑的，我看它开出花朵。花朵多像微笑。那是个我开始怀想爱情的季节，然后感觉来得很扎眼，却短暂的不留下多少痕迹，如今仍是感谢这个午后的野菊花，它真的在我心里开成了一个春天。那是我青春里最珍贵的相遇，被岁月铺在身后的来路上。

褪去一秋的暗，这菊花更没有忘记来路。微笑开放。我总是喜欢这个词。来路。它是记忆的外延，是动词。是可以带人进入缅怀的场景，然后由臆想展开，铺了出去。毫无征兆。不顾旁人眼光。

这多好。

我看她画的，也像看一个电影。讲一段有关记忆的片段。里面有等待的柠黄，有岁月的白，糅合出诗意。最后开在山坡，我们都不会迷路。

此后，剩下香，便是心境了。留下便好。不要强求，更不妥协。那段记忆打上封，是存放于你历史中的一枚果实，吃不下，也种不得。再也无法开出下一季，但它是那么安好，我们无从强求它。更不会为了日后的虚假繁荣，欺骗最后的土地，因为我们无须向那片土地有什么交代，荒芜的永远不是记忆本身，以不妥协的怀想，铺成布景。这便是岁月。之后，便跟人生无关了。

她在那些字最后说：

或许可以画一扇窗。有人坐在窗下读书，风吹翻纸页。远处野菊花开了，全开了，开得乱七八糟。

你看，说来说去，还是说急了。故乡还在，但是，它们也许再不能开成那样纵横驰骋了。物是人非，岂只是人？除了记忆，依然天长地久，还有什么依然能岁月静好呢。不画也罢。

她本来想慢慢地说这样一幅画，说到香时便要放慢速度了，但是，她还是急于让人去知道这野菊里的人生滋味。于是问，你喝花茶吗。它也是可以的。虽然没有杭白菊那样白玉莹莹般，但是，生生注在水里，喝上一口，那种微微的涩味会让你记好久的。也明目，也清凉。还有阳光的味道。我生吃过它，亦是可以的。据说还可以炒了吃，今年秋天得试试。

最后她就开始要画窗，是为了画那个人。不见他来，只有远处的野菊花全开了，且开得乱七八糟。她画不出的，是记忆，但是却用远处的野菊花来泡成茶，微微的涩味，很真实，喝下的何尝不是一段岁月静好。其实，我们都逃不开记忆，于是不停地折叠时光。我们痴念的，不过是折叠起身后所有的来路，如果在那里还不能遇见，那再喝上一杯菊茶，别炒了吃，我怕时光一不小心被烫伤了。

就留下她的空白布景，画一扇窗。窗外，会有人走过，她来寻找自己的菊花。我是说，记忆最终是养在花里一样的曼妙。不画，它一样开放。

苍老是她身体某个隐秘处的痣

岁月扶起的锈满斑驳沧桑的墙面、光影游走的踩满历史脚印的胡同、往事打探的雕刻粗浅字迹的老字号招牌，你看着这些，仿若坐古成风，不需要去触摸，这一刻便是忧伤的前奏。

但那妖娆烟火香气也在这时荡着秋千来，喜笑的脸便一张一张地从凝着愁的画布上飘下来，被什么不小心撩醒，一壶热酒便能勾起隔世的腔调来。

这是一个叫劈柴院的地方。

劈柴院是德国占领青岛后，于1902年修建的。这条路呈"人"字形，像北京的老东安市场，是青岛人逛街的集中去处。

这里有很多酒馆、饭店，除有元惠堂、李家饺子楼、张家坛子肉，其他的则是一些看上去不起眼儿的小饭铺、糖果店、书场和游乐场。

娱乐大院里有电影院，周围有茶社。很多曲艺大师比如年轻时的马三立及各路角色都曾在这里练过摊儿。劈柴院的热闹是出了名的，南来北往的小客商也时常住进这里，为的就是享受一下

这里的"码头文化"。

很久以前，这个地方有很多劈柴的卖了柴讨生计，后来盖起了简陋的破板房。

岁月更迭，有了现在的样子，也有了这个名字，劈柴院。年久日深，残破是她的眼泪她的痛，也是她掌心蓄满的秘密，苍老是她的往事她的历史，也是她身体某个隐秘处的痣。

在这里你会惊讶时间的痕迹如此清冽，又如此混沌。你感到自己的渺小，看到自己越来越模糊的样子。突然你会明白过来，看劈柴院，原来是看我们自己的容颜！

知道青岛、烟台、威海拟建全国最大轻轨交通网络时，我窃喜以后可以很快捷地去青岛看一些古老的时光。再远的都是奢望，而只有青岛是周边具有最温情的时间痕迹的城市。

那时可以去劈柴院，我有很多朋友肯定喜欢劈柴院那样老的地方，特别是那里有各种小吃，有的还是老字号。

但是近日却得知劈柴院要改造，按照报道上说的"12月15日"这个日期来看，现在已开始动工了，商户居民正在忙着搬迁。

虽然改造时会保持原貌依然以小吃娱乐为主，而且老字号的店铺仍然保留，但仍心生慌乱。

那些时光的痕迹将穿上冰冷的水泥外衣，你无法抚慰她们；那些100年来被一遍遍踩痛的石头石板路将被缝补伤口，你无法用你的感情填补。

而只有她的苍老才可以打磨我们彼此建立的感情。当劈柴院感觉不到我们的感情时，痛苦的不止是我们，还有她自己。

这种感情是很微妙的，不是一朝一夕可以建立的。

我在报道的画面里看到一个老人在临搬走前将屋子的角角落落仔仔细细地抹了一遍。屋子那么破，破桌破椅破窗破水管，但是处处都是滋生出神秘的感情的，这就如同时间的力量是一样的。

刘亮程的一个短篇小说里记叙了一家人去给玉米锄草，父亲一向干活认真，每一锄都刨得很深、很有力。儿子则是见草才下锄，没草的地方就空过去。

刘亮程用纪实的手法感叹，地种到儿子这辈人，已经没什么定数，庄稼长好长不好，跟下的功夫已没多大关系。收多收少只是一把化肥几瓶农药的事。如果没有化肥，再勤快苗也会赖到地皮上不会长高。只要有一瓶除草剂，再懒的人地里也会寸草不生。

父亲不让儿子用除草剂，他对那东西不放心。他认为锄草不仅仅是把地里的草锄掉，也同时给庄稼松松土、透透气，人在地里劳动时，庄稼是能感觉到的。

小说里说：从一粒种子下土，到顶出一个小芽，长到一拃高、齐腰深，到最后结出果实，这个过程中和庄稼都有了感情。一季操劳下来，几乎每片庄稼叶子都拍打过你，抚摸过你，它们认识你了。抽穗扬花时节，每一朵花都朝你微笑，走在地里，人成了授粉最多的一株作物，人在心里结出的果实，比装在麻袋里的多得多。地种到这个份上，才算种到了家，站在地头上喊一声，那些庄稼都会答应。秋天了朝地里挥一挥手，粮食都会跟着你走回家去。

我对小说里这无足轻重的一幕怀有最虔诚的偏爱。接下来父亲感觉不舒服，说要到地头上去睡一会儿，结果他一睡就没有再起来，死了。

我常想，时间在老人死去的那一刻一定是肃穆而悲壮的。时间慈悲地带走了这个苍老的人，所有的粮食结伴跟着他回家去了，他安静地闭上眼睛，因为他苍老而去时，慈悲满怀。

世上的人都想搞清楚时间是什么？基督教第一个伟大教父奥古斯丁说："时间究竟是什么？没有人问我，我倒清楚；有人问我，我想说明，便茫然不解了。"

而当你有机会站在像劈柴院这样的地方时，你就知道什么是时间了。再锋利的刀，能不能很快在一座新建的胡同里刻出她的残破和苍老？不能，但时间能。

我终于明白，劈柴院之所以与人之间有一种微妙的感情，原来，那是时间神秘而慈悲的力量，我们穷其一生也无法掌握它，它是用来改造我们的。

可是，不管是劈柴院还是我们的容颜，在被改造的同时，却可以收藏时光，如同我们收割一粒粒的粮食，在我们苍老的时候，它们将结伴与我们一起回家，然后被我们的容颜收藏着，当我们如那个苍老的老人一样死去时，一定是安静地闭上眼睛，因为他苍老而去时，慈悲满怀。

　　苍老是一个痛苦的过程，等有一天我们回头的瞬间，这一时便是喜悦的。我们的容颜里收藏着时光，这一生亦是喜悦的。苍老让时间无处不在，就连身体隐秘处的一颗痣亦不放过，它不被人看到，内心有蓄满秘密的快乐。

瓶装沧海

我开始收集瓶瓶罐罐的时候，其实是很无心的。

那是一段一路颠簸的时日，随着一位朋友的车，辗转深山里的泥路。所见的很多房子都是年久瘫软的呻吟，我惊诧于那时时刻刻的惊心动魄，怎么来得这样高昂不卑微。

说于朋友听，他拍了拍方向盘，"吱呀"一声停了车，不迅疾，一如二胡的尾音带着隔世的苍凉。我看他，从后座端出酒，铺上纸板，然后拉开车门，说一壶浊酒陪君泥泞半生。

我一下哑了继而痴笑，这邀约来得正当时。要喝半壶，他是突来的雅兴，但说不出原委，我心知，他只为的是这一刻我怀中有物，且凉透了半截心，是真悲悯。

所见眼前的酒，瓶子是很粗糙的仿泥制品，或者干脆就是泥浆风干所制，但来得干脆而直接。让人禁不住生出好感来。

《三国演义》开篇词中，"白发渔樵江渚上，惯看秋月春风。一壶浊酒喜相逢，古今多少事，都付笑谈中"一段，是令人艳羡的洒脱与豪情。

和志趣相投的朋友畅饮，拿天下事作下酒的菜，几番风云足以涤荡得眉目清秀心胸透彻。特别是江湖走尽，人事两茫茫，邀杯对饮，一声撞击，仰面长饮，仿佛喝下去的不再是酒，而是一生的浮云旧事！

　　我收藏起那泥泞路中央我们摆上的酒瓶。脸面红透，人半醉，满山的岁月都恍惚成了碎影。朋友已躺成俗世人间了，眼前一切是多么妥帖。

　　我拾起瓶子，高高举在头顶，闭上眼，所有的风都从瓶口飞过，有些被装了进去。仿佛它是《西游记》里妖怪的法宝，盖上盖子，所收之物便可永不见天日。

　　后来就一直收藏着那个酒罐，目的仅仅是为着一份痴念的怀想，再多一些的，便是罐中的疯癫时日了。

　　其实不过是平常的罐，但总舍不得丢。因为发呆的时间总是很多，偶尔瞥见桌上的它，总是心怀欢喜。那罐，便不再是空壳了。

　　有的女人特别喜欢收集一些瓶瓶罐罐，我就看到有人说到价格不菲的SK-II，好几百块买一小瓶，用的时候就心疼无比，可惜面子重要，青春无价。就算空了瓶子，也要留着，说是纪念，不如说是炫耀。这倒是一个女人真实的可爱了。

　　然后经年累月，梳妆柜前，卫生间里，满满当当的，大多是一些空的壳子，摆一起，自成一片风景。这种满满当当的感觉总是让人心里溢香。所以有人就总结说，一个女人的虚荣心成全了一批瓶瓶罐罐的晚节。

我曾想女人是瓶子男人是罐时，才发现原来早有人做过这场比喻。所幸这并不是我最感兴趣的，我感兴趣的是，瓶罐里装下的，是时间。

你看，不论装下何物，液体的，固体的，总有一天，它会空的。与其说装下的是物，倒不如直接一些相信，装下的便是时间即可。桌前一个瓶子里曾是满满的二锅头，密封再好，两年多时间已挥发二指有余。

我有一个原浆米酒的素白罐，罐身有镂刻的花纹，古朴而年岁久远的样子，也如曲风灌肠，是曲曲折折的旧腔，几笔小篆洒脱峥嵘。

据说这种酒并不在市面上流行，大概主要原因是并无多少销路。酒我尝过，绵甜而后劲足，是爽口的。由此，这瓶身便也是罕见的。

这倒不是主要吸引我的，吸引我的是瓶盖与瓶身呈现一体的美感，看不出酒是如何装进去的。启开后，瓶嘴处就碎了，不像有的是齐刷刷地碎，它碎的是无规则的。

后来我用万能胶给瓶盖粘上，竟天衣无缝。是突然的手笔，粘后端详，竟开始后悔为什么没有在瓶身里藏点什么，这样谁也看不到里面的内容了。

我不是收藏家，对瓶罐也不是痴迷多少，不过是机缘巧合，珍惜着那山间的时日，便是喜欢的由来。

后发现密封的空瓶罐，竟让自己有无限的惆怅。你与这样的瓶罐对视刹那，感觉已交流了几个世纪那么长。

你想交付一些什么，都是又感到无能为力。这应该是一次与往事对视的过程，你把一些太久远的情绪在片刻交付出去，是缅怀的瞬间。什么内容，全然不知，也是无所谓的。

而这一刻的惆怅，就像我看到的那山间一排排年久将倾的旧房子瘫软的呻吟，是惊心动魄高昂不卑微。

我曾几笔记录过我唯一一次洗头的经历，那个女孩每天迎来送往，给每个人洗完头再在帘内给人家按摩，收费很低。

她在讲她的生活时，说从来没有坐过飞机、轮船，连火车也没坐过，只去过周边几个小县城。她说的一句话，我记得很清，她说，感觉我就像装在一个瓶子里一样，每天喘不过气，密封着，待在一个会老死在那儿的小空间里，却一直在东漂西荡。

我听着，感觉有什么东西"哗"的一声，碎了。离开时，我掏钱抬头，一下看见她的眼睛，我第一次那么直接地夸一个陌生的女孩，我说，你的眼睛很漂亮。她很开心地笑了一下，她知道我不是在敷衍，但是她不知道的是，她的眼睛很漂亮，是因为，她的眼睛充满惆怅。

我们很多人都是装在一个瓶子里，促狭地生活，哪儿也去不了，却一直在东漂西荡。这份惆怅是一个人的沧海，别人飞不过去；又是一个人的一滴水珠，别人收藏不住。

我终于知道，当我面对一个空瓶罐的时候，为什么有不卑微的惆怅，因为，我把自己，把时间，把往事，在静默的一刻，悄无声息地装进了瓶子里。

一段时光，一段往事，装满了瓶，便是一整个沧海的悼念，再也倒不出来，却于日月交替里、于不知晓时散尽了。尽就尽了，一如我们当年的一些往事。在另一片风里，也许依然会有它们的传说。

但在我们回首时，会发现这一切已与我们毫不相干了。这大概就是执手相看泪眼时分，时间都瘦没有了，但往事的壳还在。

风吹走诗里的每一个字

那天傍晚，光线疏朗，在海边山坡上看到一小朵不知名的花托着蕾，迎风摇着，很舒缓娴静又不失威仪的姿态。

想人一生走来走去，这种姿态是一个人应持有的出尘情怀。并没有什么玄妙，寻常景色，一如每天的菜里的盐，脸上的笑，不觉珍贵，却不可少。

以前最爱谈及流浪，于陌生夜色走过，任周身如电影画面疾飞闪过，我被自己放慢镜头于其间穿过，不需要意义，只是走过去。

后来静默，想仿远山远水的阔寂与深幽，多少带着点对自我的胁迫。那时觉得自己生活的小城，像一块我提在网兜里的豆腐，白洁洁的，却早被我一路不停地兜来转去弄得支离破碎。

于是心里号啕似的要弃下一走了之。

某天坐在公交车上，窗外闪现的熟悉的消失的人群与建筑，恍惚着不知自己在哪里。

生命似日历，一页页翻过去的，不过是几个数字。我苦笑，开始做无聊的游戏，看车牌号。

我继续穿行在那个小城里，每天骑着摩托车去不同的地方听会议回来写新闻，然后发在早晚会过期的报纸上。路上不停地看着不同的车牌号，倒是那段坚涩生活中唯一的亮点。

我告诉自己，要是在三个月里能看到两个相连的车牌号，就说明这个世界上还有"彼此"这个词，而不是一个你一个我，孤单冷清地被时间转来转去，没有相遇。

是有奇迹的，我在一辆公交车上，看到一个十字路口的红灯，拦下了两个相连的车牌号码……心在霎时停止跳动了一般，当车再行驶，突然感觉只有我是静止的，而窗外一街一景，疾疾驰闪。

之后七八年里，我依旧在路上行走时会看车牌号，毫无意义。但我留了下来，并没有轰轰烈烈地一走了之。

留下来的我，终于悟透一件事情，原来我们生活的城市，才是那个网兜，兜的是我们豆腐一样的心。

有一朋友成天飞来飞去，说他除了西藏没去过，哪儿都去了。他还说，去过的任何一个城市，他都没有逛过，全是陌生的。

我一直觉得，那些喜欢旅行的人，以为他们的生命从此不一样，只不过是因为从自己的风景里走进了别人的风景，就如同别人从他们的风景里来到你的风景，都是过客。

旅行确有它自己的意义，陌生带来的安全感是生命需要的一张车票。

我没有离开，大概就是因为，我可以安心地拿着这张车票，永远不打孔，远方是陌生的，我自己的心也是陌生的远方，很安全。

以前一个朋友的姐姐让我写她的故事，说他的故事曲折离奇又惊心动魄，比电视剧好看多了。我信。

我以前想过，如果每个人生下来天上就有一台属于自己的隐形卫星，可以拍到自己生活中的每一个细枝末节，老的时候，剪辑成片，肯定能看得人老泪纵横。

每个人的生活都是一部喜怒哀乐的电视剧，可是，从头放，你会看到底吗？我们都喜欢在别人的电视剧里喜怒哀乐着。

无端端地想起写诗的少年时光，一首诗，被一场风吹，字乱了，散落在满山的草叶上，互相遥望，自成篇章自有美意。

再被另一场风吹，天涯相隔，却言简意深。就算剩下最后一个字，落在山坡，开出一朵无题的花，迎风摇着……

不负千年今生的热烈

我写了很多与寂寞有关的事件，词语，一瞬间的感念，我常觉得这于我，犹如夜里高寒于天幕下的那个月亮，是正妥帖修饰我所处环境的，少了不行。

它是一件薄衫，谁穿上谁忧伤。而忧伤是骄傲不流俗的打扰，是静默里敦厚的热闹。比如站在阳台上看到环海路深夜里难逢的一尾车灯，有温软的暖气，却一闪而过。那个时刻是皎洁的寂寥与神圣的圆润。

《蒂凡尼的早餐》里主人公霍莉抱着吉他在窗前唱《Moon River》时的恬静表情，王安忆笔下翘在《长恨歌》里的一檐湿屋角，被我遗忘在小屋里开出的花，甚至恬静深夜里窗外突然传来凄凉的一声猫叫，那一时是有莫名愉悦的美感，而这美，竟来得是这样的阔绰。

看《城市画报》里陈蕾采访《建筑，思维的符号》作者承孝相时，关于对住宅应该持有如何的心态，承孝相这样说，我认为，为了树立自己的主体性，长久地居住并积累记忆的才是正确的人生。初看这句话时，就如有人写第一次见到海棠的情状，"这个

216

晚春，与海棠初遇"，一句撂下，再无多言，却注定要让心思万端抒情辗转的。

我想起看过很多破败的房子时的感受，就是特别想进去看看。

自己闲置的房子，更是不厌其烦其累地往返穿梭，去看它一眼，它就给我无穷静默的力量。而这一眼一眼，常被我端重地看作是记忆的居住。

承孝相说过"我是相信建筑能改变人生的信徒之一"的话，其实我们所见的硬邦邦的建筑，我们每个人的身体上都有，而记忆恰是温柔如花香的句子，每一个字每一个标点都铺满身体，才有了对生命生活及某个人的怜惜落款。

对于爱，两个人便是彼此的身体，又是彼此热烈的历史。

那一日，浑身略有酸胀且痛，亦感觉有蚂蚁忘记回家的路在我身体里寻找它的触角，带给我的是一路密密麻麻细碎的煎熬。

借买烟下楼，日光朗朗而来，一刻的四周便成了静世，它自天上下来，收藏起人间的时间和晨起的伤口，是温润的抚摸，再看去，街上的花树一团和气喜悦。

想起《日光倾城》里那一句，从一个高的地方去远方，从低处回家。应该就要在这样的日光里来去的，出世入世都不会缺失这源远流长的恰当温度。

路上竟捡到一株连根拔起的花，被人弃于绿化带里。叶子几近枯萎，看上去是疏于打理。倒是那花还有些生气。

捡回来时一直在想那花的颜色，比黄要浓烈少许，但又糅进过别的颜色。由此，这呈现出的颜色，便仿若是经过时间拌匀，透着一寸脱世的气质，是被透明的风吹聚一处，然后被远方的一支曲子裁成一朵花的形状来。

它不是山间那弯素月，不恬静，但也不热闹，有几分烛影于世自顾自美丽，是寂寞的，不负千年今生的热烈。

一直对颜色是很敏感且稍有敏锐的判断，这一时竟无可名状。回来后植于旧盆，施给土和水，盼日后终能长出新鲜的我能分辨出的颜色。

仿佛要捡起和等待与自己毫不相干的，穿过一些岁月的凌乱的记忆，从中挑出几缕丰盛的颜料，涂出胭脂点点，忽而凌乱处晕开繁花，渐成明霞，有一丝淡而静闲的热烈，又无迹可寻，大概有风吹过，沙沙渺渺，惹得人无端端地留恋。

在我，生命中许多的一秒，一分，对某个人，某样东西，某段往事，常常都是极琐碎的过程，因为寂寞，所以这个过程才变得漫长而珍贵。

寂寞的过程，大概就是，一条长长的街尽是花，热闹至今，有遗世的美好。

眉目明媚

那天坐公交车，看到一个西方女子。40 岁左右，已记不清穿着，但记得着装的简约与优雅。面容红润甜美，眉目爽朗明媚，挂着永不凋谢的笑，在公交车一路的颠簸里给人娴静美好的感觉。

时常，在工作或生活中，种种纷扰搅得人心神不宁时，总想起她，想起她的笑，有一种无声的宁静美，敦厚而热闹，与世不相干。

那一时的挣扎都变得渺小而卑微了，我虽然不知道她的笑来自什么样的动力，但我坚信，那笑神秘而有力量，甚至带着某种神性。

后来，我竟又在公交车上遇到她，我一直盯着她看，她脸上也有皱纹，却笑得那么甜美。她注意到我的"过分"，但只是轻轻颔首低眉，仍带着那种笑，我甚至怀疑，那笑是不是与生俱来的。

可能因为加拿大人比较开放，所以我一路随她下车，跟在她

身后，她回过几次头，也没有丝毫的胆怯，反而仍旧眉目爽朗明媚。我壮着胆子走上前，我说，我是来打扰你的我只是想知道你为什么总是笑？用中国话一口气不带停顿地说完这句，以为她听不懂，以为我永远也不会知道答案，她却笑着说，一个人的笑，是自己跟自己的缘。

我瞠目结舌起来，一是为她会说中国话，而且还说得这样流畅地道，一是为她这句话蕴含的某种天机。

之后我们聊了一会儿，原来她在中国在我们这个海滨小城生活了 20 年。8 岁前一直生活在这里，然后去了加拿大，年轻时发生了关于情感叛逆的"天崩地裂"的事故，年纪大些又回来了。而且回来时是一个人，一直一个人生活。

我很想听听她的故事，但她没有说，我也没多问，因为我觉得，那些故事并不重要了，重要的是她的领悟，那种一个人的笑，那种自己跟自己的缘。

这种缘，我相信，是需要一腔慈衷化得。

我们所牵念的、纠缠的、索求的，甚至怨苦的、悔青肠子的，不过是心生冤屈，自己无法给自己交代。

不论沧海桑田，我们行走其间都需要的可能就是，怀一份慈衷地进，怀一份慈衷地退。我相信能做到的人必然怀有一颗圆润的心和一双看待万物仁爱的眼睛，而这种对世间万物怀有的慈衷，具有神性的力量，如同朝阳唤醒的微薄的露，黄昏拉开的温柔的画布，一年四季被庇佑的生灵所具有的简单心肠。

这让我想起两个不常联系但彼此神交的朋友，他们都是清汤寡水便足以给予自己丰蕴内心的人。恰巧的是，他们的一些签名里都有这样的慈衷获得的缘。

一个是在 QQ 里的签名：读爱读的书，听喜欢的歌，做好吃的饭，爱心爱的人，全部都是乐事。

一个是在博客上的介绍：该成家了，遇着个老婆；该有孩子了，遇着个女儿。真是缘分哪！

常怀慈衷，才可见人生过程的诸多安逸清爽。梨花落了，它曾优雅地白过，扑闪闪的朴素却光鲜；秋风长了，冷冷吹落旅途粘襟的灰尘，那是留心细看的一个人的历史。

这一些，都因慈衷而结下缘，生死亦可热烈的一种拥有，没有结果，却是飞扬的般若。与一些事一些人，有这样的缘，该是人生的圆润了。

如此，我们才可以像那个西方女子一样，面容红润甜美，眉目爽朗明媚，挂着永不凋谢的笑，嘴角住着仁爱，整个人美好地坐在人生的颠簸里。

一个身体一座城

很久前看《城市画报》袁泉专题，名字叫《身体记忆旅行》。写到她在台北和冲绳录音期间来自身体的记忆。

在电影里，讲故事的不一定全靠人物和情节，比如还有音乐。在音乐的路上，做感念纪录的并一定只有音符，还有眼睛，还有身体。袁泉用身体感受着自己的旅行，舟车劳顿，却锦心栖香，是稀有的痴念。

袁泉关于旅行记忆有她自己喜欢的方式，她会在一个城市固定用一种香水和润肤乳。因为这样会让她记忆中的每个城市都有自己专属的香味。比如在日本她会用一种很甜的花草味道的润肤乳，它有一种"幸福"的味道。而在台北则会用比较清爽的，类似马鞭草那种类型的。

原来，一个城市区别另一个城市的，不是城市本身，而是你的身体。由此，城市让身体有了某些特别的记忆。

在岁月深处，你再回忆那座城，身体里蓄满的便是那锦心的香气了，由此，你与一座城共为唇齿而割舍不断了。

我一直穿行在自己的小城里，不是因为什么值得纪念的人和物。这里唯一让我放心不下的，便是那一大片干净的海水。

坐在岩石上，我总是感觉那片水是忧伤的眼泪——被一缕海风吹透进身体过的，被我那些住在身体里潮湿的记忆珍藏过的。

我在海滩上徘徊，在海风里辗转，在一声马达里彷徨，甚至在一个被人冷落的咖啡店门口踟蹰，在一家便利店里传来邓丽君的歌声中盘桓……我在自己的岁月里走来走去，也在自己的身体里走来走去。

在这个过程中，某一时，突然明白，我真正放心不下的，是我那些寂寞时光，有着那么深情的眷恋。

一个身体与一座城，有这样的记忆链接，是独立而热闹的细腻。这记忆，是身体里潜伏的细腻；这细腻，是身体里潜伏的记忆。陌生但不生疏。

去旅行路过的城，因闲适而满怀香尘，因欣赏而满眼风光，因品尝而满口生香。一座桥，一个窗口，一片林，一种小吃，会奇迹般地在你的身体里建设成微型的城郭，只要你愿意，你可以随时从你身体某个路口进去，再游览一方景观，再尝一顿美食。

大多城市是跟情感有关的。

一座你不断离开的城，是一座受伤的城，每回去一次，是希望给伤口找些安慰。但看着那些熟悉的路牌、建筑，甚至一家便利店，一个蹦蹦跳跳的小孩，你会突然觉得这个城是如此的陌生。

不断从一座城到另一座城，爱情又变成一次又一次的流浪，最后剩下一座又一座城市的纪念，就如同身边发黄的老照片，静静发霉。

于感情而言，一座城往往是一个人身上的伤，另一座城要么是创可贴，要么是一片新伤。我们每个人心里都有一座城，温暖的寒冷的城，虚幻的真实的城，回忆的忘记的城。

冷僻的传奇

对镜花黄，动作轻盈，如临摹一幅山水画，这里要有海棠着雨的娇羞，那里要有梅花缀雪的清莹。直到丰神尽现，她才抿了抿嘴，却突然云袖一甩，站起来在简陋的后台里踱着乱步……

她是个戏子，那个年代县城戏院早被人给拆了，她刚二十出头，说要嫁给戏台。终于有机会去一个村子唱戏，嗓子早早吊过了，压在箱底的戏服也熨烫过。可是轮到她上台时，却告之，戏就到这儿。

朋友的爷爷就在简陋后台的一角，看着她化妆，看着她一寸寸地溃败。她踱完乱步，又坐回镜前，凝神了十来分钟，然后低声幽幽唱了起来。

这一幕是我听朋友讲的他爷爷的往事。朋友的爷爷耳聋，不知道她唱的哪一出，但他说，她是他见过的最美的女人，她唱得很好听。

只要天气好，每天傍晚都看到一个路口卖花的老人，七八盆，只有吊兰和芦荟，萧落的叶子与茎，从来没有人买过，甚至也没人问过价。我每看到这个老人就心痛一阵，就如看到自己一段冷僻的时光。

那样一段时光，对我而言，是只属于少年时代的。

不停地在学校周围的山里或街道上晃荡，闲时多，坐在一层层高高的台阶之上，揪下一根头发在上面打 15 个结；或在树多的山上随手拔根鸡毛草挠自己的脚心还有花心；夜里就看自己的手指和窗口。那时写的诗里常有这样的句子，"我的手指疯长牙齿，窗口是一朵大开的花"。

常走的街道，我会另外起了名字，叫古桉胡同，因为把一条街走烂了，就感觉自己随时都会丢掉，所以这条街得有个名字。这样，穿过古桉胡同拐三个弯经过四家铁皮商店走过一条青石巷往返九十九次你才能百分百找到我。

可是没人找过我，只有一首首朦胧诗记载下，我走过的每条青石路都是我的掌纹。

那是如今怀想起便感到清白的世界，是可以把动荡的浮躁的青春擦亮的传奇。因为冷僻而成为唯一。而后来，经历的每一场孤独、寂寞的事件都是一种心境了。一个大学，不过是一张没日没夜收留自己的小床，再就是山后几束野菊花，缥缈的淡妆，如今一样会旧。而年岁渐长，心中依存的冷僻，更多的是一种寂静，偶尔"有客清风至"。

爱情更是一个冷僻的传奇。

杜拉斯说过："爱之于我，不是肌肤之亲，不是一蔬一饭，它是一种不死的欲望，是疲惫生活的英雄梦想。"

这样的态度，不是一般人能实践得了的，所以它更像一个传奇，冷僻到自己心寒仍有握炭流汤的凛冽意志。

花好月圆的结局，大多被世间的风撕掉几页而成为一生憾事，难得几人拥有。也因此，这爱要么被人不舍而忧伤惦念，要么被人不齿而作壁上观。

然而，拥有一份爱，应该是一个人内心所持有的一种细腻的心境，于年久日深里珍藏亦珍视的传奇。

有一天啊，你在某个花树温婉的夜间应酬之后只想回家，步子很急，空气很清新，心偶尔那么惆怅了一下，因为你发现自己老了，步子迈得不快了。

而且，你会觉得把自己安安全全地送回家，带到她的身边，仍是不够的，心有不安，所以，走时带上一把樱桃，紧紧攥在手心，千山万水似的，只想把那红脆脆的小樱桃送到她的唇间舌边。

到最后的爱，因稀有，倒更显得冷僻，是两个人最美的传奇。

我犹记得小说集出版那年认识的一个少年心怀的美好的爱——如果时间真的可以停止，请停止在这样的时刻：你微微地闭上眼睛，我俯在你的耳边，轻轻地告诉你，我爱你。这一生中，最美的传奇莫过于遇见了你！

我们怀抱各自的时间

　　我一直固执地认为，写诗的不一定是诗人。诗人被赋予了使命，落字为根，野草与鲜花长成繁忙的季节，在哪里种，在什么时候收，镰刀疯长，心灵失重。

　　我看过最美的诗，是一个小女孩的。因为我熟知她，她的每一个字，错落间景象满天。恍惚就被带了进去，是无底洞，深不见底。跌落的地方，是心脏。

　　我是在看了弹唱的一首诗后，才写下这些字，以及想起那个小女孩。流年生疏，念起已隔着重重的幕一样，掀不得，幕后各自为营，流光溢彩，或黑白堆砌，上演些什么。可叹这岁月，瞒天过海，一不小心，就把一个人弄丢了。真如我看到的那个叫弹唱的人写的诗一般：

　　牵着马，赶着尘

　　你是秦初的一只狐

　　我是日深的射手

　　我们怀抱各自的时间

我是一座老房，
住着老绿和诗行。

你一定要知道，残缺的，
总有美照应着。

一个人的房间，到处可见他精神上的气质。

我相信，每天走的路，再寻常，因心有美好，每一步里都种着花籽，每一眼里都种着云朵。

其实，很多人已看出，我很喜欢诗。记得刚喜欢写字时，写的都是诗。几行错落，别有洞天。许多心事是隐光，透着丝丝缕缕落下的珠滴，闪亮一些不为人所知的暗喜。可惜，岁月可叹，那些忧伤的诗锈迹斑斑，藏在一个叫过去的地方，没人找得着。

后来，所有明丽的眼神，和那些诗一起，被什么遮了起来。往事知多少，回首泪眼婆娑。

大概，我们都走过了诗一般的少年时光。常想，这个世界上没有永远的诗人，因为没有永远的激情，没有永远的少年。没有激情，便不会有诗。而激情只属于那样朴实无华却又不可忽略的少年时光。

在最后的一首诗里，另起一行，人生便无常。一起走过的人，经历的时光，都可以老死不相往来，留下一些感觉，打发偶尔一次回首后的空洞。

但有胜于无，最后剩下的，不是具体的历历在目的情节，只是一种感觉。再回忆时，我们是不是可以说，那种美妙，就像诗。

或许吧。所以一直以来，养成这样的习惯：看街口，人来人往，便相信这就是人生。路既有分叉，人便有东西。

走吧，走吧。

牵着马，赶着尘，

我们怀抱各自的时间，

在路途中，

等候某场晴天。

舍不得让时光倒流啊

很长一段时间，我有一个改不掉的嗜好，习惯看电脑右下角的时间。真的，每看一眼，就会产生一种恐惧的心理。时间真是可怕的东西，一秒，就是一秒的残酷，容不得你细想，抵抗，缅怀。突然就感觉，一下子，就远了。与什么远，不得知。剩下一种光秃秃的苍凉，看都看得见，是不是就太可怕了！

每天晚上，看时间，一秒一秒，失神，游离，莫名的欲望自脚下蹿出，然后，无能为力，不知所措。这几天，看了几个熟悉朋友的字，她们说，习惯看别人的字，在那里找到另一个自己，或感知一点什么东西。我就突然想看看别人的世界，看一个完全陌生人的世界。选了陈染，也只是偶然。

以前常爱写"时光砸在脸上"这样的句子，看陈染的《时光倒流》，也有这样的感觉。她从那个八音盒写起，写自己"十分亲密的朋友"从欧洲来，然后彼此相见，笔调沉重，字字苍老。陈染却没有过多提到"老"，我努力在那些字里找寻一点"心老"的叹息，她却沉默冷酷。是不敢与时间抗衡，还是无力回头，似乎都不是。只是在友人到达，"这天晚上，我们通了两个长电话，我心里难过着……时光一去不回头！"那两个长电话，也许是他们多年的情谊仅有的依靠方式，尔后见面，两地沉默。最后友人走了，回他的欧洲了。"我的目光又回到这只色彩纷呈、意蕴悠远的水晶八音盒上。如今他已在很遥远的地方，成为一个记忆。我在心中默默记着他的情意，他望着我的样子，想象他这样的人，也是我终生难遇了。我将用一生祝福他。"

再早些年，陈染从欧洲回到北京，他的电话就追了来："你忽然就离开了，我很想你……"陈染的眼泪就流下来了，握着话筒说："我也是。"——我也是！可回想，那也只是"早些年"的事了。很多东西都是发生在"早些年"，然后剩下的，就是回忆。就如陈染说的"一想到这些往事，我就十分难过。"时间这东西真是太残酷，想拼命留住的，就是留不住。别说时光倒流70年，连三四年也倒流不了。

"时光倒流70年"是那位友人当年送他的八音盒盒盖上烫金的一行小字。八音盒还在，"如果把底部的弦上满，八音盒就会唱出令人心碎的既澄澈又沙哑的乐音，伴随着盒子中央的多棱水晶球旋转。如若再把八音盒置放于灯光之下，天花板就立刻会倒映出五颜六色的零碎闪烁的彩光。迷幻的虚境，让人沉迷一阵，仿佛忽悠一下回到那想追溯的某一段时光。"

这就是在渴望"时光倒流"时刻怀想"某一段时光"唯一可

以做的事。追溯。仅仅是追溯。

就算多年后再相见，也许就"无话可说"。不是真的无话可说，只是不知道应该说什么了。面对如此去势汹汹不可抗拒的时间，你还能说什么？

"八音盒就在我的手边。我的手指触摸着它凉凉的质感，那非现实感的'时光倒流70年'的音乐就顺着指尖钻入我的身体……这是用指尖——而不是用耳朵——谛听到的声音；这是用皮肤——不是用鼻子——嗅到的记忆……"

去年年底，我一直在整理我的随笔，十多万字，字字看了，关联的不过是"回忆"二字，所以主题也就格外分明。自序、小序也都有了安排，为那些"回忆"起草落实并打上再也抹不掉的痕迹。不知那痕迹会不会像陈染收藏的八音盒盒盖上那一行小字一样呈烫金的光泽——触来更凉，思来更冷。

书出版时，我将在封面上写下这样的话：

"那些时光，因为有了爱情而让人留恋，

很多人把这种留恋叫作是回忆，我叫它是天堂。

天堂不在遥不可及的前方，而是在身后，

我记得它的旧址。可时间催人老，我和我的爱情，念起已是旧模样。"

陈染回不去了。我相信，决绝冷艳如她，自然知道。连我都很明了，有些东西再也回不去了，迟迟不肯松手的，不过是自己跟自己的纠缠。因此，我才会在预备好的自序里说：那些叫天堂的回忆，我回不去了。

可是，陈染的文章题目却叫《时光倒流》。换作我，我会叫《时光倒流70年》。因为，70年，是真的不可能，如果倒流三五年尚可，再长更长，就如她自己所说"十分可疑，匪夷所思"。

时间无情，我是不想给自己留后路。可陈染，是不是，她仍心存那些挂念，才如此怀着美好与心安与心暖，寄托在没有时间的国度里，企盼时光可以倒流，一年，两年，或者三年。不做过多的奢望，权当成全最后的痴想与痴念？

我沉默了好久，一支烟成了灰，轻飘飘的，沉重陷落。

好久，看后面网友的回复，有一言没一语的，像在看自己说话，不着边际，为那份沉重，为那份理不清。却突然看到一个回复说：

"看了染的这篇文章，想起年轻时读过席慕容的一首诗：

当所有的亲人都感到我逐日的苍老，

当所有的朋友都看到我发上的风霜，

我如何舍得与你重逢？

染是'舍不得'让时光倒流啊！"

这几行话，比时间一下子就砸在脸上，还让人疼。也许吧，最残酷的真相，不是时间无法倒流；最残酷的真相是，时间倒流后，一切不复存在。

寂美阔别

前些日子，看到某本书中的人在一个摇摇欲坠的亭台上看去，她看到那些往事驮着夕阳离去了，无限伤感。

你可能认为这是某篇小说中不经推敲的矫情，其实我自初也是这样认为的。

但那人是老妇人，眼角打着褶子，手指枯瘦如柴，她从很远的地方，回到阔别近半个世纪的家乡。她行动不便，但她还是爬过那座小山，登上那个台子，这让我有理由相信，她那一刻看到的，该是人世最后的景色了。

她所站的位置，是某山村破败的亭子，当年，有个少年，穿着干干净净的衣服，在这里给她放过烟花。

那时年轻，她和他约好要一起出走，但最终她听从家里的安排，嫁到很远的地方。如今她老了，最后一次回老家——其实是为他送行的。

她听到他去世的消息，那一刻，她很平静，继续做手头上的活计。但是一个月后，她不顾儿孙的反对，毅然地上路了。

阔别的丹桂飘香的家园，阔别的美目盼兮的时光，都不复存在了。但那亭子还在，那亭子还在……她安静地一个人在那里待了一天的时光。

我相信，那样的一天时光，相对她这样的老人而言，是多么的珍贵无比。她留在世上，完成最后的奔赴，至此再无任何牵念了。

她曾心念的那匹叫时光的马驮着夕阳，夕阳驮着往事，不动声色地离开了，却让这一天，于一生而言，惊心动魄。

我曾执迷不悟地在各种书页间翻阅这些痴情的事，可是有时实在翻不动书页，就像翻不动一个明媚的春天，眼睛里尘土飞扬。

但某一刻，对那些疯癫的岁月那些历历在目的往事，又保有对世一双阔寂的眼睛，见激越的情而能有一厢雪窗清莹，见隐逸的爱能闻一片松间涛声。

那种感觉，就像耳边一首恍若隔世的音乐，低低朗润，一丝哀怨，心神不宁，缠绵萦回，又一丝阔寂，姿态翩翩，卓然孤立，掩饰所有的痛，只留遗世的美好——你忽然就明白，没有前生亦没有后世，一辈子一下子就没了；也忽然就明白，为什么有的人，再无力一场舍命的奔赴。

读薛昂夫的一首《楚天遥过清江引》，里面说："春醉有时醒，人老欢难会。"不知那时的曲调，最后婉转成怎样的袭人凉意，必是先流丽闲婉，岁月峥嵘，但光阴寸隙，终是人老欢难会了。

所以，终老时能有这样的一天，静静地与那个人相守，又静静地与那个人阔别，才不愧对那不忘相思又风尘憔悴的一颗心。

我们的过往光滑如葡萄

我一直觉得，很多电影，都不需要看结局的。

《如果·爱》里，聂文、孙纳、林见东坐在古典豪华木椅里面对记者讲述要拍的电影里的故事，林见东几次隔着聂文看孙纳，孙纳自始至终都没有转头。我们隔着人山人海，生死两茫茫，心里隐秘的角度里用回忆喂养着当年年轻的爱，倔强而坚强，不曾动摇。可面对面呢，结局会怎么样？林见东终于有机会和孙纳单独相处，坐在车里，他摇晃着身体夸张地唱孙纳当年在三里屯酒吧糊口时唱的歌。那边的孙纳，冷漠而绝情。林见东附在她的耳朵边说，那时的你真可爱。孙纳一字一句地回：我—们—没—见—过。林见东说那十年前我见过的是鬼？孙纳回，你以前见过的从来没有存在过。这样决裂，如此决绝。林见东又说，是鬼是人，你知道她令我最害怕的是什么，就是她根本没有爱过我，那我就傻了十年了。听到这样一句，孙纳一声停车——无疑就泄露了隐情——然后头也不回地走进瓢泼的雨里。林见东的脸贴着车后窗，表情复杂地看着，孙纳走得铿锵，就是不回头。

孙纳，不，那时她还是老孙，她总说自己是老孙，打不死的老孙。老孙在公交车后面追，小小的个子，跳起来拍打着后窗。林见东正一脸愁苦，他打算放弃导演学业回香港。老孙站在车门外，响亮地喊出三个字：林见东。我时常想起她的那一声，那么好听。

聂文也有一出戏，是在他决定自己做班主这个角色的时候，深情地唱着：就这样吧，不要回答，因为你是爱我的，也许你是爱我的。——最后一句便是真相，所以唱得那样曲折而凄迷，迟缓却瞬间撕开人的心肺。

还记得另一部电影。那年在小城足够大的一间碟屋里挑了五张碟后，我拿起了《美人草》，那时是因为想看刘烨的表演。不过拿起时对电影的名字突然有了一个解释，美人是我的美人，草也是宝。拿得便特别爽快。记得那天是个好天，碟屋里在放什么片子，声音不大不小，我听到一句，别回头，一直往前走。应该是香港的商业电影，如今想起，还真是应景的"话外音"。

《美人草》里刘思蒙与叶星雨隔着"文革"时期重重阻隔不顾一切地爱着，但最终还是被人山人海的岁月给隔开了。许多年后的一天，叶星雨回到家里，坐在椅子里看着丈夫和女儿一起画画，她把手叠在一起，年轻的外表却让人看到了老人的安详，片刻，她深深地叹出一口气，谁也不曾察觉。这一口气里，有一个压抑多年的故事。这时有人喊她去接电话，也许她怎么也想不到是刘思蒙的电话。

刘思蒙叫了一声星雨，又叫了一声星雨，叶星雨没有回答。刘思蒙自顾自地说，他来昆明办画展，瞅着空逃出来要见一面。叶星雨回到家里，就开始翻箱倒柜地找衣服，甚至连内衣也换了。最后穿了件天蓝色的裙子去赴约，那应该是一件最漂亮的裙子。出租车司机提醒她真庆观到了问车停哪里，她不知道停哪里，因为她还没看到刘思蒙。外面下着雨，终于看到车窗外的刘思蒙，他打着伞，穿着一件灰白色的风衣，就站在那里。车子依旧在往前开，星雨的目光一直牵绊在那个身影上。就这里。星雨对司机说。

就这里，隔着一条街，她爱得至深至浓的那个男人，就在街的对面。只需要穿过一条街，就能看到他。她下了车，要奔过去，毫不犹豫地，刚跑了几步——这时，一辆疾驰而过的车溅了她一身的污水。她提起裙角，看看，又抬头看看街对面的他，一秒，两秒，三秒……雨像倒下来的一样，升起些微的薄雾——他就站在那雨幕里，打着伞，像一尊高贵的神。她又坐上出租车，回去了。

他，是过往。那一刻她选择离开。迎上去会怎样？结局都安排好了，只是那一刻，存在太多的变数。

这让我想起三毛的文集里讲的一件事，也许便是答案。三毛某次旅行到了首站墨西哥后，禁不住买了很多衣物，她跟齐豫一样都喜欢民族风味的东西。在她试一件衬衫时，看到镜子里一双"深奥含悲"的大眼睛正在注视着她。三毛转过身，便看见了那个经营铜器的小摊位，那个男孩坐在那里。那一刻，让镜头停止，我们可以理解一下三毛说到的"深奥含悲"的大眼睛，然后便能明白，为什么她与那个十七八的少年彼此眼神交错，彼此笑了笑，然后还是从少年的黑眼睛里看到藏着的"深悲"，微妙而深深地印在心里。

他的摊位鲜有人光顾，三毛是打算要买点东西的，只为这一双黑黑的大眼睛。但旅程才刚刚开始，显然她是不能任性加重行囊的。直到半年后，旅程结束从墨西哥坐机回台湾时，她咬咬牙要到少年的摊位处为她沉重的行囊再加一件慈悲的礼物。去时是欢天喜地的，买了紫铜壶。这时，三毛说："我的心，终于得到一点点自由。"

这个词"自由"，用在彼时彼景真是令人迷恋而倍感美好。三毛安心地离开那个摊位，离开那双黑黑的大眼睛。——这时，她偏偏不知为什么忍不住回过头，想再看他一眼。这一回头，看到那个少年黑黑的大眼睛里，仍然闪躲着一种悲伤。她惊呆了，她想，他的哀愁，原来和买卖一点关系也没有。"就因为这一回头，反而更难过了。"——就是这样。

我一直觉得，很多电影，都不需要看结局的。某一段，某一处，让你的心咚的一下响，就到此最好。孙纳和林见东十年后再重逢，而且重逢在一出戏里，一开始，她一直不回头，隔着十年，隔着人山人海都算不得什么，如今，中间隔着的，是一个人。仅仅就是一个人，爱便承担不起。所以，孙纳不回头。不回头是为了不要看到什么。聂文的"不要回答"，也是不要看到什么。叶星雨因为脏了个裙角，就不能回头过去，说到底，都是珍惜那些过往，过往里有圣洁如初的爱，鲜活如初的爱。

难怪大导演李安说，电影最大的魅力在于它显现我们未知的部分，而非已知的部分。确实有道理，如此电影才好看。因为我们一直在看的是需要不断去揣度的那些未知的——而非已知的真相。因未知，那些过往才安然无恙——就算充满哀伤；因揣度，那些爱才更饱满——就算满身旧伤。剩下的时间，就如聂鲁达的一首诗中说的那样，我正在把它们制成一条没有尽头的项链，配给你白皙的双手，光滑如葡萄。

图书在版编目（CIP）数据

见素见美 / 白音格力著 .—北京：中国华侨出版社，
2016.11

ISBN 978-7-5113-6470-8

Ⅰ . ①见… Ⅱ . ①白… Ⅲ . ①散文集 – 中国 – 当代
Ⅳ . ① I267

中国版本图书馆 CIP 数据核字（2016）第 278050 号

见素见美

著　　者 /	白音格力
责任编辑 /	文　蕾
责任校对 /	孙　丽
经　　销 /	新华书店
开　　本 /	670 毫米 × 960 毫米　1/16　印张 /16　字数 /179 千字
印　　刷 /	三河市华润印刷有限公司
版　　次 /	2022 年 2 月第 1 版第 2 次印刷
书　　号 /	ISBN 978-7-5113-6470-8
定　　价 /	36.00 元

中国华侨出版社　北京市朝阳区静安里 26 号通成达大厦 3 层　邮编：100028
法律顾问：陈鹰律师事务所
编辑部：（010）64443056　　64443979
发行部：（010）64443051　　传真：（010）64439708
网　　址：www.oveaschin.com
E-mail：oveaschin@sina.com